黑与银

Il nero e l'argento

Paolo Giordano
保罗·乔尔达诺 著
魏怡 译

上海译文出版社

黑与银

献给我交往的女孩

这是一个真实而又痛苦的故事的片段，经过了文学加工。文中与现实有所出入之处，并不会从根本上影响给予它灵感的那些人物的真实情况。

爱一个人到底意味着什么？就是要借助他的家庭或者其他因素，在人群中发现他，继而将他从所属的圈子中拉出，尽管那个圈子可能非常狭窄。接着，还要探寻封闭在他内心世界的种种蜕变与多样性，而它们的性质可能与我们所认为的完全不同。

G. 德勒兹和 F. 加塔利

《千高原》

目 录

A 女 士

在我人生中第三十五个生日的那一天，A女士突然放弃了她的固执。在我看来，比起她的其他特点，这个特点尤为突出。她笔直地躺在那张对于她的身体来说过于宽大的床上，告别了我们所了解的这个世界。

那天早晨，我到机场去接诺拉。由于工作的关系，她刚刚出了趟短差。已经是十二月了，冬天的脚步仍旧迟疑不前。高速公路两旁单调而又一望无际的景色蒙上了一层薄雾，变得苍白，仿佛在模拟决意不肯到来的雪景。诺拉接起了电话，但并未多说，而是在专注地倾听。随后，她说她明白了，好的，下周二。接着，她又加上一句，而经验告诉我，在必要的时候，这句话表示没有更合适的话可以说。她说：“或许这样更好。”

我在第一个服务区拐弯，让她能够从汽车上下去，独自走向停车场里一个不知名的角落。她默默地哭泣着，右手合拢，捂住了鼻子和嘴巴。在十年的婚姻生活中，我了解到妻子身上无数的东西，其中就包括在痛苦的时刻封闭自己的毛病。她会突然间变得无法靠近，也不允许任何人施以安慰。我被迫站在那里，徒劳地目睹她的悲伤。我时常认为，她的这种忸怩其实意味着不够慷慨。

在余下的行程中，我始终保持缓慢的车速。在我看来，这是一种应有的尊重。我们谈到 A 女士，回忆起从前的一些轶事，尽管那些并非真正的轶事。我们对于她的事情并不了解，所知也仅仅是日常琐事罢了。这些琐事与我们的家庭生活密切相关，所以在我们看来显得尤其特别：每天早上，我们还在熟睡，她就会准时把从收音机里听来的，有关星座的消息讲给我们听；她将家中的某些区域据为己有，比如说厨房，以至于当我们想要打开自己的冰箱时，都需要请求她的批准；她本着自己的原则阻止我们做一些事情，因为在她看来，那都是我们这些年轻人制造出来的不必要的麻烦；还有她那威风凛凛，充满男子气概的脚步，以及无法治愈的抠门。还记得那次吗？我们忘记给她留下购物用的钱，她掏空了装零钱用的小罐，连最后一个硬币也没有放过。

沉默几分钟之后，诺拉又说：“不过，我们的芭贝特，她是一个多么与众不同的女人啊！她永远都在。即使是这一次，她也在等我回来。”

其实，她刚刚还将我排除在整幅画面以外。不过，我并没有提醒她这一点，也没有勇气向她承认，就在那一瞬间，我正在想着：A女士是在等待我的生日，然后才肯离去。所以说，我们都在为自己营造一个小小的、个人的安慰。面对某人的离世，我们唯一能做的，就只有编造出一些能够减轻痛苦的事情来，使逝者最后一个关心的举动恰恰落在自己的身上。我们重新安排那些机缘巧合，以便赋予它们某种含义。然而今天，时间造成的那种无法避免的冷漠，令我难以相信这一切都是事实。痛苦将A女士从我们、从所有人的身边带走，而这件事发生在那个十二月的早晨之前很久。痛苦促使她走到孤寂世界中的一个角落，就好像刚才在高速公路服务区的时候，诺拉离开我一样。然后，就是从那里，芭贝特转身离我们而去。

我们叫她芭贝特，而且喜欢这个绰号，因为它使人联想到一种归属。她也喜欢这个名字，因为这是完全属于她的名字。而且，由于那个法国腔，它听起来仿佛是一种任性的作法。我认为，埃马努埃尔始终没有弄明白这个名字的含义。或许某一天，他会碰巧读到凯伦·布里克森的故事，或者更有可能是看到那部电影，继而将它们和这个名字联系起来。尽管如此，从某个时候开始，他还是欣然接受了A女士变成芭贝特，他的芭贝特。而且，我怀疑他把这个亲昵的称呼（Babette）与她的拖鞋（ciabatte）联系在了一起，因为这两个词押韵。他的保姆一进家门，第一件事就是穿上那双拖鞋；在结束一天的工作之后，她也会把它们整齐地放在柜子旁边。当鞋底变得破烂不堪之后，诺拉给她买了一双新鞋。然而，这双新鞋却被她放进了储物间，从来不曾穿过。她就是这样的，从来不会改变任何东西，甚至反对身体或者精神上的任何改变。尽管她的这种固执十分可笑，有时甚至显得愚蠢，但我不能否认，我们喜欢她这样。那个时候，在我们的生活中，在我、诺拉，还有埃马努埃尔的生活中，仿佛每天都在发生着革命，这个家就如同一株年幼的树，在可怕的风中摇摆；而她却岿然不动，如同一个庇护所，一棵古树，它的树干是如此粗壮，需要三双手臂合拢在一起，才能够将它环抱。

她变身为芭贝特的那一天，是个四月的星期六。埃马努埃尔已经开始说话，但仍旧坐在婴儿专用的高背椅里面。所以，事情应该是发生在五年，或者六年以前。此前的几个月里，A女士总是坚持要我们至少到她家里去一次，吃顿午饭。但凡嗅出邀请中包含着哪怕是非常模糊的家庭聚会的味道，我和诺拉都会婉言谢绝。在这方面我们可是行家。我们拖延了很久，但A女士并不灰心。每到星期一，她都会再次邀请我们周末到她家里去。我们屈服了。我们开车来到鲁比亚纳，神情极其专注，仿佛是去做一件并非出于本意，因而需要付出巨大努力的事情。那个时候，我们还没有习惯和A女士同桌进餐。尽管来往频繁，我们之间仍旧存在着一种不言而喻的等级关系：她站在那里忙活，而我们只管吃饭和谈论自己的事情。我们甚至有可能还没有彼此以你相称。

“鲁比亚纳，”诺拉疑惑地望着林木茂盛的山丘说，“想想要在这里度过整整一生。”

我们参观了那套有三个房间的单元房，而且极尽恭维之词。A女士在那里过着她孤寂的寡妇生活。对于她的过去，我们知之甚少。诺拉所知道的，也仅仅是略多于我而已。我们无法对眼前的地方产生亲切感，甚至觉得这里的环境显出一种无益的奢华，品味粗俗，但非常整洁。A女士将起居室里的圆桌布置得无可挑剔：印花桌布上，银餐具一字排开，沉甸甸的酒杯上镶着金边。我觉得，午餐本身仿佛是为了证明那些餐具存在的必要性。很明显，它们已经多年不用了。

她的菜谱吸引了我们，因为其中包括所有我们爱吃的东西：小麦兵豆汤；用醋和白葡萄酒腌制、搭配了蔬菜的肉排；撒上面包屑和奶酪丝进行烘烤的茴香，搭配清淡的奶白色酱汁；还有她亲自摘下并仔细剁碎的向日葵叶子，拌入芹菜和醋做成凉菜。在我的记忆里，至今仍旧残留着每道菜的味道，以及渐渐抛弃最初的僵硬，使自己沉浸在食物的抚慰中的那种感觉。

“真的就像芭贝特一样！”诺拉感叹道。

“像谁？”

于是，我们给她讲了那个故事。A女士激动地听着，仿佛看到自己就是那个厨娘：她离开英国咖啡馆，就是为了去伺候两个老处女；后来，她又倾尽自己所有的金钱，为她们准备了一顿难忘的大餐。A女士用围裙的边缘捂住了眼睛，然后立刻转过身去，装作在拾掇什么东西。

再次看到她哭泣，已经是很多年以后的事了。那一次，她并非因为喜悦，而是出于恐惧。那个时候，我们已经相当熟识。所以，我并无尴尬地握住她的手，对她说：“你可以做到的。很多人都被打垮了，但你了解这种病，因为你与它较量过。你足够坚强。”

我当时的确是这么认为的。后来，我见到她如此迅速地衰弱下去，甚至没有给我们留些时间好好和她告别，或是找到恰当的话告诉她，对于我们来说，她到底意味着什么。

天堂鸟 I

结局到来得如此匆忙，事先也并非全无征兆。至少在人生的最后几个月里，A女士希望如此说服自己，就好像一个事先的警告能够赋予不幸某种意义。然而，那其实仅仅是个不幸。

夏日将尽，当时距离她的葬礼还有一年半的时间，A女士正在大楼后面的菜园里劳作。她拔掉已经派不上用场的豆角的植株，以便为甘蓝腾出更多的空间。此时，一只小鸟飞了过来，就停在距离她几步远的，这块长方形菜地边缘的石头上。

A女士俯下她那经历了六十八个春秋却依然硬朗的身躯，一动不动，以免惊扰那只小鸟，后者则向她投去询问的目光。她从未见过如此的小鸟。它的个头和喜鹊差不多，颜色却完全不同。从鸟儿的脑袋下面，伸出几撮柠檬黄色的绒毛。这些毛从胸前一直延伸到后背和两翼上天蓝色的羽毛中间，然后就消失了；长长的尾巴上生长着白色的、棉线一般的羽毛，根部卷曲，就像钓鱼用的钩子。小鸟好像并没有因为有人出现而感到不安。与此相反，A女士觉得它之所以停在那里，就是为了能够让自己欣赏。心脏开始没来由地剧烈跳动起来，令她几乎跪倒在地。她怀疑这只小鸟属于稀有而珍贵的热带品种，可能是从一个收藏家的笼子里逃出来的。因为在鲁比亚纳并不存在这个种类。事实上，据她所知，鲁比亚纳甚至没有动物收藏家。

小鸟突然将头偏向了一侧，开始用嘴揉搓翅膀，动作中带着些许狡黠。不，那不是狡黠，不完全是。那个词怎么说来着？对，是傲慢。完成清洁工作以后，鸟儿重新用漆黑的眼睛盯着A女士的眼睛，紧贴身体的翅膀颤抖了一下。它缓缓地吸了两口气，胸口也因此鼓胀起来。最后，小鸟悄无声息地展翅离开石头，向空中飞去。A女士手搭凉棚，目光追随着它飞行的路线。她希望能够继续注视着那只鸟儿，然而，它很快就在大地尽头的栎树中间消失了。

夜里，她梦见了那只类似于鹦鹉的小鸟。当她将这件事讲给我听的时候，自己已经是病入膏肓了。到了这个地步，已经很难分辨哪些是事实，哪些是她的臆想，又有哪些仅仅是暗示。不过我认为，第二天早上，A女士的确试图在书里找到那只鸟的图片。她家里有一本介绍苏萨山谷里生存的动物的书，而且她还把那本书拿给我看。由于没有找到，A女士决定去拜访那位热衷鸟类学的画家朋友。这件事也是千真万确的，因为她随后详详细细地向我讲述了那次会面。

至于她和那位画家的关系，我始终没有能够了解很多。她不愿意谈起此事。这或许是出于害羞，因为那是一位知名的艺术家。他无疑是雷纳托去世之后A女士继续来往的最有名的人。又或者，她仅仅是出于谨慎。我知道她会不时地去给他做饭，或者为他做些别的事情。不过，她主要还是那位画家的女伴，一个与之交谈的朋友，彼此的关系却很清白。我感觉，他们见面的次数比她说的要多。每逢周日弥撒结束之后，A女士就会去找他，并且在他那里一直待到午饭时分。画家的别墅隐藏在高高的山毛榉树中间，正立面漆成了深红色。别墅距离A女士所住的公寓车程仅仅三分钟，步行则需要十分钟。那是一条柏油路，弯曲成一个半圆形。

画家是个矮子，A女士会毫不犹豫地如此称呼他。说出这个词的时候，她甚至隐约有种残忍的满足感。多年之后，她向我坦白说，自己始终没有停止一些关于他的愚蠢的想法。比如，她总是在心里想，画家坐在那里的时候，为什么脚触不到地面？A女士总是观察画家的手：他的手指短粗，而且有些可笑，却能够创作出美妙的作品。A女士的身高勉强能够达到一米六，画家是她唯一能够在身高上超越的人。然而，此人又是如此充满魅力，所以，感到被超越的人永远是她。与这位画家来往，坐在充当工作间的起居室里，置身画作和画框中间，她感觉又回到了雷纳托还活着的时候。雷纳托总是喜欢带着她到地下室或者阁楼上去，寻找某个罕见而又被忽视的物件。

“应该是戴胜鸟吧。”那个八月末的早上，画家如此猜测。

画家脾气很糟，而且最近变本加厉，但A女士已经习惯于对此熟视无睹。她对我说，从前那座别墅里熙来攘往，有画廊主人、朋友，以及那些来作模特的，一丝不挂的女孩。如今，到这里来的就只有四个女人，轮流对他进行照顾。她们都是外国人，没有一个漂亮到足以搬上画布，以便流芳百世。A女士明白，画家差不多整天都在追忆往昔，几乎不再创作。他孑然一身。与她的生活如出一辙。

“戴胜鸟长什么样我很清楚。这只鸟与戴胜鸟完全不相干。”她干脆地反驳道。

画家轻轻一跳就跃下了沙发，随即消失在隔壁的房间。A女士的目光开始在房间里搜寻，仿佛还不够了解它。她最中意的那幅画就放在地上，还没有完成。画上是一个坐在桌边的裸女，两只美丽的乳房稍稍叉开，硕大的乳头呈现出一种很深的玫瑰红，比周围的皮肤颜色要深很多。在女人的面前，摆着四只火红的桃子，还有一把刀。她或许是要用那把刀削去桃子的外皮。不过，她并没有这么做，而是一动不动地待在那里，等待恰当的时机。

“这是他创作的最美的一幅画。好吧，那天他当着我的面完成了这幅画，就花了半个小时。他对我说：‘你是开着那辆车来的吗？那么你可以把它带走。’他那样做是出于同情，一定是这样。假如我跟他要，他一定不会给我。不过，他已经明白了是怎么回事。在所有人之前，也在医生之前。画家是从那只鸟身上看出了端倪。他回到起居室，手里拿着一张皮质卡片，把它放在我的腿上。他问：‘是这个吗？’从那些一直延伸到后背的白色羽毛上面，我立刻认出了它。画家已经很多年没有见过这种鸟了，至少有七十一年。他以为这种鸟都已经消失了。然而，这种天堂鸟却不偏不倚地找到了我的门上。人们是如此称呼它的，天堂鸟，但它会带来厄运。我对他说：‘如今，我们都老了，我们两个。厄运又能将我们如何？想想吧，就在几天以前，我还打碎了一面镜子。’噢，画家真的是火冒三丈。‘什么镜子不镜子的！’他大叫，‘那种鸟会带来死亡！’”

有一次，我问诺拉是不是真的相信那个关于预言的故事。她却反问我：“那你呢？”

“当然不信。”

“好吧，我当然相信。我觉得，这种差异会永远横在我们中间。”

夜深了，埃马努埃尔已经睡着，我们正在静静地整理厨房。之前，我们把一瓶打开的葡萄酒放在了桌子上，里面的酒几乎被喝掉了一半。

“你最想念她的是什么？”我问她。

诺拉不假思索。很明显，她在心里已经得出了答案。“我想念她给予我们勇气的那种方式。人们是如此缺乏勇气。他们想要确定的，就仅仅是你的勇气比他的还要少。”她犹豫着，沉吟了很久。我不知道她的这种停顿是自发的，还是像演员那样，经过了一一计算。“她却不是这样，”她又说，“她总是为我们加油。”

“你从来都没有告诉我，你躺在床上的那段时间里，你们都聊些什么。”

“我们聊天时间很长吗？”

“哦，是的。”

诺拉拿起瓶子喝了口酒。只有在夜晚，当我们单独相处的时候，她才允许自己做出没有教养的举动，仿佛只有疲惫和私密才能使那些禁忌得以缓解。她的唇边留下了一个深红色的印记。

“总是她在说，”她说，“而我在听。她给我讲雷纳托的事，张口闭口都会提到他，好像他还活着。我敢肯定，她自己在家的时候会大声自言自语。她向我坦白说，虽然过去了这么多年，至今她还会为他摆上餐具。我始终觉得这样做非常浪漫。浪漫，也有些悲壮。不过，所有非常浪漫的东西，同时也是悲壮的，不是吗？”

几乎每个晚上，诺拉和我都进行如此的谈话，特别是在A女士刚刚去世的那几个月里。这是我们采取的一种战略，以免向不自信屈服。我们一次又一次地回到那些话题上面，在谈话中将它们冲淡，直到从嘴中流出的仿佛仅仅是清澈的空气。A女士是我们日复一日，逐步完成的这项事业唯一的见证，是将我们维系在一起的这种关系唯一的见证。当她谈论雷纳托的时候，就好像是在向我们提出某种建议，是将一段尽管不幸和短暂，却绝对而又纯洁的关系，传递给我们。在漫长的过程中，所有爱情都需要有人注视它，承认它，赋予它价值，否则，它就可能被当做一个误会。没有她的目光，我们会觉得自己处于危险当中。

不过，葬礼的时候我们却迟到了。我们原本是在恰当的时间准备就绪，之后却被一些无用之事耽搁了，就好像等待着我们去做的那件事，只是众多亟待处理的事情中的一件。埃马努埃尔那天格外不安和任性，总是不停地问“到天上去”是什么意思，以及一个人怎么可能永远不再回来。这些问题的答案他早已知晓，所以，他仅仅是借此表达自己的不安（对于一个孩子来说，第一次参加葬礼难道不是同样会令他感到惊愕吗？）。不过，我们当时无力应付他的这种任性。我们忽视了他。

在路上，家庭的分歧达到了极致。诺拉指责我选了一条最远的路，而我则历数她出门之前磨磨蹭蹭做的那些无益之事，比如说化妆，就好像参加葬礼需要以化了妆的面孔见人似的。假如A女士在的话，她肯定会从自己收藏的格言里挑出一个来，好让我们闭嘴。然而，她现在正安安静静地躺在松木棺材里，等待着葬礼时刻的到来。

我们非常尴尬地走进教堂，那里聚集的人比我预想的要多。神父的说教我没听见多少，因为我在为汽车担心。匆忙中，我把车停放在了一条狭窄的马路边上。我想象着一辆公共交通工具，比如说一辆外省的公共汽车，被卡在那里等我；乘客们都下了车，彼此询问是哪个白痴导致他们被堵在那里。不过，我决定不出去看。我们避开了最后那个拥抱的环节，因为我们的到来并不能给任何人带去安慰。或许是我们在奢望自己有权利得到安慰。

埃马努埃尔希望跟随灵柩到墓地去。我们认为那是一种任性，是愚蠢的好奇，于是阻止了他。葬礼不是小孩子应该参加的，尤其是这次葬礼，它与我们无关。有一些场合应该仅限于家人，以及挚友，而对于A女士来说，我们又算什么呢？雇主，仅此而已。死亡按照现实中的重要性，重新安排了各自的角色，使生活中遭到破坏的亲情规则得到恢复。尽管埃马努埃尔更像是A女士的干孙子，而我们，她喜欢把我们当做她收养的孩子。然而，这些并不重要，也并非事实。

孤儿

最初，是一种几乎带着宗教意味的（又或者是一个令人悲伤的意外的）照料他人的偏好，促使A女士来到我们中间。当诺拉的妊娠表现得与我们事先的美妙设想有所不同，而孕育了二十四周的胎儿也开始了出生之前的躁动时，我们便求助于A女士。我们知道，自从我岳父发觉自己在没有家庭看护的情况下也能够生活下去的时候，她就闲下来了。鉴于我妻子被困在床上，只能由我来向她介绍这个家，并且想方设法向她解释一些我不甚了解的细节：柔顺剂和清洁剂应该倒在哪里，如何更换吸尘器上的袋子，以及每隔多长时间需要给阳台上的植物浇水。参观还没有进行到一半，A女士就打断我说："您还是走吧，出去吧！出去吧，什么也不要担心。"

晚上，我下班回到家，看见她坐在诺拉的床前，如同一只竖着耳朵的看门狗。她们正在聊天。不过，A女士已经戴上戒指，胸针别在了羊毛衫的开襟处，大衣也已经披在肩上。看到我，她精神抖擞地站了起来，好像丝毫不觉疲倦。随后，她陪我走进厨房，向我解释她为晚饭准备的肉菜，告诉我怎么才能不把它热得太干，以及用完的锅需要放在哪里。“您不用刷锅，我明天会刷的。”她总是会加上这么一句。刚开始的时候，我并没有服从她的命令。但是，当我明白她第二天早上总会把我刷过的餐具再刷一遍的时候，就服从了她的权威。

有时，她的这种正确无误甚至发展到了令人气愤的地步。再加上那坚定不移的性格，那些充满好意而又老生长谈的说教，使她真的令人难以忍受。很多次，在与A女士共同度过了一天中的大部分时间之后，诺拉会将连续几个星期被困在床上而感到的沮丧，都倾泻在她的身上。“这个女人真烦！”她抱怨说，“烦人而且尤其是烦人！”

我们将自己托付给另外一个人照顾的那段时间——我们怀疑是否能够再次获得，或者仍然配得上这种照顾——同时也是我们尝试利用一些小诡计逃避她的时候。

我和诺拉时常光顾一家餐馆。确切地说，那并非一家真正意义上的餐馆，而只不过是一家鱼铺。晚上，他们在几张窄小的桌子上摆些餐巾纸和塑料餐具，再把炸鱼放在铝制的小盆里端上桌。新婚不久，我们碰巧去了那家餐馆，之后就把那里当成了自己的家。在我和妻子去郊区那个角落冒险之前，我根本不喜欢那些带壳的或软体的海鲜（和诺拉在一起之前，我对很多此类东西都不感兴趣）。我仅仅是喜欢在她吃饭的时候注视着她，喜欢她专注地剥去虾的外壳，然后把一半送给我，并一直坚持到我接受它；我喜欢看她将海螺从硬壳中挖出，以及在吃完一个螺肉之后，先舔舔手指肚儿，然后再吃下一个的样子。那家鱼铺最近关门了，我们也因此失去了生活中另外一个次要但又至关重要的参照。因为在那里进行的，是最为私密的家庭仪式：重要事情的讨论，不幸消息的发布，秘密节日的庆祝，所有这些事情都是在那里进行的。从餐馆走出来的时候，诺拉的头发，我们两个人的衣服，都浸满了油烟味。我们把那种气味一直带到了家里，它就好像是一些做出的决定和发现的真理的见证。

A女士反对诺拉在目前的情况下，仍然“仅仅吃一口”那种东西。她如同一位海关官员，皱着眉头检查我从鱼铺带回的晚饭，然后下了如此的定义。

“您也不应该吃，”她用食指指着我说，“我已经氽了大丸子。”

她把四十欧元的炸鱼裹了起来，亲自把它们丢进街上的垃圾箱里。

我们学会了欺骗她。当诺拉表现出对鱿鱼圈和炸墨鱼无法抗拒的思念时，我就会偷偷地到我们的餐厅去一趟，把食物裹起来，藏在汽车里，一直到A女士出门。为了避免引起她的猜疑，她准备的晚饭有相当一部分都被我们倒进了垃圾箱。

“她会闻到油炸的味道吗？”诺拉担心地问。于是，我会在几个房间里四处巡视，喷洒除臭的芬芳剂。诺拉求我不要逗她笑，不然可能会引起阵痛。

“让我看看你的牙齿缝里有没有虾米屑！”我命令她说。

“她又不会检查我的嘴！”

“那个女人到处都看。”

然后，我就会亲吻她的嘴唇，同时将手伸进她敞开的衣领，感觉睡衣下面的温热。我们共同寻找山谷的背阴处，以便躲避芭贝特无处不在的目光。然而，她能够从高处将一切照亮，就如同升至中天的太阳。

到了埃马努埃尔出生的时候，我们已经受到她过多的溺爱，以致无法离开她的照顾。因此，A女士从诺拉的护士变身为我们儿子的保姆，仿佛这两项工作之间存在着自然的延续。尽管在此之前，A女士从未照料过一个新生儿，却从一开始就表现得对什么该做什么不该做一清二楚，比我们要清楚得多。

A女士的工资被纳入了家庭预算，但并不是按照她应得的数目。我觉得，她并没有精确地计算自己花费的时间，也从未和我们商定过每个小时的价钱。每个周五，她接受我们认为合适的数目且毫无异议。这个数目，是诺拉按照一个神秘而又相当灵活的价格表计算出来的。在八年多的时间里，每个工作日，A女士都会按照逐次商定的时间按响门铃，然后拿出她那串钥匙开门，以免在我们不方便的时候突然出现。有的时候，她已经采购完毕，那么她会立刻把收据拿出来，然后站在那里，一直等到我们把花的钱全部还给她。

埃马努埃尔上幼儿园的第一天，我和诺拉都去了，还有A女士。而上小学的第一天，每个孩子只允许有两名家长陪伴，于是轮到我留在了外面。当有人出于误会，把他的芭贝特称作“奶奶”时，埃马努埃尔并不会去纠正。A女士感觉到，自己手里捧着这个孩子稚嫩的心，而事实也的确如此。

在二〇一一年九月的头几天，当我们在为开学做准备，因而无比需要她的时候，A女士却坚定地向我们宣布，她不再来了。我们的失望以及随之而来的不安可想而知。

“我可以问你为什么要这样做吗？”诺拉问她。在当时，她感觉到的更多是厌烦，而非遗憾。在工作上还是要遵守一些规则的：事先通知，邮寄辞职信，以及忠于自己的承诺。

“我累了。”然而，她的语气中流露出的好像是不满。

电话匆匆结束了。八年的合作，几乎可以称作共同生活，仅仅因为一个模糊的“我累了”，就被一笔勾销。

她果真没有再来。我们三个人中，只有埃马努埃尔还没弄明白，在人类的关系中间，没有什么东西能够永恒。也只有他还没弄明白，这样也未必不好。然而，在这个特殊的紧要关头，要告诉他他的保姆突然决定不再照顾他了，并且从中找出优点来，的确很难。所以，我和诺拉在等待时机。一个星期之后，埃马努埃尔自己来问我们："芭贝特什么时候来？"

"她暂时不能来。现在去把你的睡衣穿上。"

尽管如此，突然落在身上的家务重担同样使我们感到愤怒和恐惧。我们扪心自问，到底发生了什么，到底我们犯了什么错误。我们一次又一次地谈论这个话题，就像是两个孤儿。最终，我们确定了在我们看来最可能导致A女士这种背叛的原因。她宣布这件事情之前十几天，在我们居住的公寓楼的门把手上，出现了一张纸，上面有一行手写的，大写字母组成的句子。租了我们旁边车库的女人，要求撞到她车库大门的人鼓起勇气坦白，因为那个强盗几乎把门撞破了。那张纸就留在那里，无人问津，被风吹得卷曲了起来。诺拉向我保证她与此事无关。她很清楚，在被怀疑者的名单上，自己高居榜首。这不仅仅是因为那些车库的布局，还因为她开车时并不遵守规则，而且经常失控。除去我们之外，唯一使用车库的就只有A女士。每天早上，为了省去向计时器里投进成堆的硬币，A女士会把我早晨腾出来的空间利用起来。我曾经问过她，是不是她碰巧开车撞在了邻居的车库门上。这种事情是可能发生的，况且并不严重。另外，无论如何我会负责。她稍稍转过身，说："瞧你说的，怎么会是我？她肯定是自己把门撞坏的。那女人开着那么大的车到处转。"

"肯定是！"诺拉说，试图用我们刚刚得出的这个结论说服她自己，还有我。当时是晚上十一点，我们躺在床上。"当然是这么回事。你知道她多爱发脾气。"

"这就意味着车库门果真是她撞坏的。"

然而，诺拉让我闭嘴："车库门跟我们有什么关系？我们应该给她打电话。"

就这样，第二天早上，在练习群论的那些学生休息的时候，我给A女士打了电话。从年轻人们惊愕的神情中，看得出这让他们更加困惑。在电话里，我为对她的指责道歉，因为我做得不够谨慎。我向她保证，假如她是出于这个原因不愿意再为我们工作，我可以理解。不过，我们都愿意补救。我还提到了埃马努埃尔，以及他对A女士的思念。

“车库的事与此毫不相干，”她打断了我的话，“我已经对你们说了，我感到疲倦。”

在我们准备结束电话，没好气地彼此道别时，我第一次听到她咳嗽。她咳嗽的方式与换季时不同。A女士一声接一声剧烈地咳着，上气不接下气，就好像有人出于玩笑，用手指掐住了她气管的顶端。

“你怎么啦？”我问她。

“这个咳嗽，它停不下来。”

“你去看医生了吗？”

“没有，不过我会去的。我会去的。”

失眠

很快，我们家缺少了A女士这个事实变得一目了然。多处的疏于整理就说明了这一点，尤其是诺拉的写字台。在此之前，一堆堆的纸就如同鳞次栉比的中世纪城堡，如今却达到了令人担忧的高度，它们倾斜着挤在一起，演变成一大堆无用的废纸。在那些无用的纸张中间，肯定夹杂着一些重要的东西：待缴的账单，埃马努埃尔学校的通知，诺拉固执地写在便利贴上面的电话号码，以及装修项目。客户提出抗议的时候，就会引发她一阵阵的轻度神经质。A女士并不会动手整理那些文件，或者确切地说，她假装不那样做。然而，通常情况下，在她重新整理那些纸堆，以便进行清洁工作之后，我妻子几天以来疯狂寻找的信封就会神奇地重新出现。A女士将它放在其他信封上面，就好像那仅仅是出于巧合。

“他们找我修缮位于卡莫伊斯的一座小房子。”一个星期天的下午，诺拉对我说。她大声喊着，以便声音能够压过吸尘器的轰鸣。它正愤怒地经过一个好像没有必要打扫的地方。“是份不错的工作。应该是份不错的工作。可惜我必须拒绝。”

“拒绝？为什么？”

“你看我都变成什么样了！我都没有时间呼吸，又怎么能到瓦莱达奥斯塔去跟一个项目。你看见沙发上的杂志了？它们今天早上就在那里，我想看看，但我做不到。”她走得太远了，这样很冒险。只听“劈啪”一声，吸尘器的电线从墙壁的插头上脱落下来。突如其来的安静好像令她一惊。她仍旧盯着那些杂志。“其实我对一些文章感兴趣，”她说，“我真的感兴趣。”

我们向诺拉的母亲求助。她到家里来了几次，但并不情愿。一进家门，她就开始了一系列准备工作，好像是要拜神似的：她先是煮了一杯咖啡，然后一边喝，一边在阳台和厨房中间来回晃；她想抽支烟，同时希望有人能够拦住她；最后，她把头发束了起来，戴上手套，对着镜子穿上一条洁净的围裙，还打量了一下效果。在变身成为一个完美的家政人员之后，她转身问女儿：“有什么要做的呢？”

到了这个份儿上，诺拉已经失去耐心：“所有事情都需要做，你看不到吗？”

她们争吵得非常激烈。最终，诺拉的母亲生气地迅速离开了我们家。还不到一个月，我们就不再找她了，而她也没有再毛遂自荐。

有个女孩来工作了很短一段时间，情况也好不到哪里去。诺拉觉得她行动迟缓，而且懒惰；还抱怨她意大利语说得不够好，无法理解自己的命令，做事也没有条理。

“而且她还盯着你看。”

“盯着我看？”

“她爱上你了，这很明显。”

“你疯了。”

“就是因为这个，她才和我作对，比如说打破了茶壶。她知道我非常喜欢那把茶壶。我并不是说她故意这样做。并不是这样。这是一种无意识的失礼。”

我坚持说，我们总会找到一个合适的人，我们只需要继续寻找，但诺拉几乎不听我说。“不。我们什么人也找不到，”她自言自语道，“找不到任何顶用的人。没有人能够像她一样。”

我妻子在白天发泄，她以越来越愤怒和任性的方式排遣她的迷茫；我则把这些留到深夜。这是我们的另一个不同之处（从我认识诺拉开始，她的休息就是一个不受打扰的谜）。从我还是博士生的那个年代开始，失眠从不曾如此严重，因为我接受了一个事实，那就是在这个城市的日常生活和我的生活之间，存在四五个小时的时差。就好像我独自生活在大西洋中央的一条子午线上，又或者我所从事的职业需要上夜班。最近几年，这种不便几乎变成了一个麻烦，但只是稍稍严重一些，需要慎重处理。在季节交替的时候，它会稍显严重。然而，失眠如今形成了规律，因此令人担忧：每天夜里，我会在三点钟醒来，然后就那样待着，长时间注视着窗户上光线微弱的变化，有时候一直到黎明。假如说攻读博士的时候，一部分的失眠还可以补上，现在，由于有了埃马努埃尔和那些课程，我会准时在七点三十分醒来，而欠缺的睡眠会逐渐积累起来，仅此而已，无从弥补。

为了控制焦虑的情绪，我会在脑子里继续下午进行到一半的计算。我想起床，找一张纸和一支铅笔，把想法记录下来，但没有勇气。自从我向诺拉坦白，假如在夜里工作，数字、字母和函数就会连续很多小时在我的眼前舞动，从而使情况变得更糟，她就禁止我这样做。在被迫保持清醒的时候，我会抚摸妻子的体侧，希望她能够睁开眼睛，哪怕是片刻功夫。在这样的时候，我也会想到A女士，于是感到某种缺失，还有忧伤。

小时候，我也有一个保姆。她名叫特蕾莎，我们叫她“小特蕾莎”。她住在河对岸。我对她的记忆不多。比如说，我不记得是否触摸或者拥抱过她，也不记得她的气味。人们心里都充满了来自感觉的令人欣慰的记忆，那些温暖而又可以追溯的记忆。我却不是：我会轻而易举地抹去那些无形的东西。关于特蕾莎，我只有一些支离破碎的记忆，比如要炸土豆时，她会把土豆切成瓣儿，但并不削皮。接着，我想到她的袜子，是一种不透明的棕色裤袜。无论任何季节，袜子的厚度都不会改变。她会给我钱，这一点我能肯定。与特蕾莎有关的最为清晰的片段，也就是所有记忆中最为突出的那一个，要追溯到我最后一次和她见面。当时，我已经上高中。母亲决定，我要牺牲当天下午的时间，去看望我的保姆。我们到她那套外面带栏杆的单元房去找她。很多年之前我就去过那里，而且，我的记忆中对它保留着一幅神秘的画面。所不同的是，现在我已经是一个少年，但完全不理解事物之间的细微差别。我只觉得她没有生气，好像还有点苍白。特蕾莎与儿子一家住在那四间房里。她镇日坐在沙发上，一边还照看着那个多动的小孙女。孩子在她的周围蹦来跳去，有时候还会跳到她身上，就像是一只猴子。为了照顾我，父母雇用了一个穷苦的女人。不知道为什么，这一发现当时令我气愤。客套话说完之后，我们留在那里，听了一会儿她那沙沙的呼吸声。离开的时候，特蕾莎从钱包里掏出一张钞票，坚持要我拿上，仿佛要遵从一个古老的、无意识的习惯。我起初感到恐惧，但明白了母亲的眼神之后，我收下了它。

我心里在想，等埃马努埃尔长大以后，他对A女士的全部记忆又会是哪些呢？很可能比我想象的要少得多。不管怎么说，我又一次踢开了被子（一条腿放在下面，另一条放在上面），最终决定采取一条中庸之道：建议儿子去看她的那个人肯定不会是我。假如一段关系被迫中断，那么这种中断最好是干脆的、永久性的，即使这段关系中涉及的，是一位年老的保姆和她照顾的孩子。

诺拉将失眠的再次出现归咎于工作，除此之外别无其他。与大学的合同，再过一年多一点的时间就会到期，续聘之事至今未曾谈过。当我向导师询问学院几年前就承诺要进行的内部竞聘时，他无可奈何地摊开手臂，说："想让我对你说什么呢？我们在等那些老人里面有谁会死掉。可是他们都那么硬朗。"

导师没有再说什么。尽管已经六十六岁，他并未理智地将自己归入那些"硬朗者"的行列。他不愿意在我职业发展的话题上多费口舌，而是更想把话题转到学院里的那些麻烦事上，继而又谈起一些泛泛的政治问题。有的时候，他会一直说到晚上九十点钟，当楼道里的人声已经逐渐稀少，警卫也开始给大门上锁，只留下一扇用磁卡才能打开的侧门（要是你碰巧忘了带磁卡，那可就麻烦了）。在这种时候，我更多的是一边点头，一边在演算纸上乱画。我是属于他个人的听众，所以没有选择。我认为，他也不愿意和我一起待这么多个小时，所以，离开的时候他总是气哼哼的。不过，导师希望在我身上行使他的权力，而且，把我扣在他的办公室里，总比在家里等着他的要好。他从未向我明说这样做的原因。不过，一谈到自己的婚姻，他就变得比平常更加刻薄。当我向他宣布要结婚的时候，他的意见极其尖锐，仅次于诺拉的父亲（重要的是账目要分家，因为爱情是爱情，钞票是钞票）。我的导师说："还有几个月，你有时间再想想。"他是独自一人来参加婚礼的，而且在自助餐桌旁给自己找了个位置，以免落下哪道菜。他也是和最后一批客人一起走的，稍微有点喝高了。大家跟我说，第二天他对婚礼只字未提，却抱怨饭菜里面有某种东西令他不舒服。

导师对于年纪更长的教授们那些讽刺性的评价，足以使我在未来的几个月里不用为失业而恐惧。不仅如此，我还感觉到，对于自己未来的学术生涯，几种可能性之间的比例发生了变化：移居到另一个城市或国家的可能性增加了几个百分点；又或者要做出不失尊严的让步，去尝试某种并不太高贵的学科。

移居国外的设想足以削弱家庭的平衡。每当我向诺拉提起一个研究中心，说那里有一群年轻的科学家，正在研究与我的研究领域相关的问题，而且获得了“某种确实有意义的成果”；每当我对她解释，与导师的合作是如何在消耗我身体里某些无形的东西，而且，避开他的影响对我会有怎样的益处（夜里我又可以安眠，我能肯定），她的面孔就会阴沉下来。她心不在焉，嘟嘟囔囔地表示同意，而她的沉默却在表示反对；接着，她就会请求我不要再说下去了。

得知她怀孕的消息，恰恰发生在我们好像决定移居苏黎世的那段时间。我获得了一个为期四年的奖学金。我计划自己提前一个月离开，以便诺拉可以留在意大利生产；接着，一旦得到孩子的出生证明，我们三个就会一起搬到遥远的瑞士国内最为遥远的那个州。我们一起做了实地考察，以便找个住处。我们在同一个街区看了三所房子。那个地区住的大多是物理学家，因为那里能够保证新收入与房租持平，而且还有一个电影院。诺拉只是勉强跨过房子的门槛。她机械地冲房屋中介点点头，一边还抚摸着尚未显形的肚子。

我陷入了她那种奇怪的漠然和我自己的犹疑设下的圈套中。参观之后，我开始连珠炮似的向她提问。她喜欢哪所房子？放弃一点居住面积，换取最低限度的庭院，这难道不是更好吗？设想一下孩子学会走路以后。我把每所房子的有利和不利因素都列了出来。她默默地听我说着，并不反驳。随后，她用平静的语调说：“我不能在楼梯上弥漫的那种印度菜的气味中间生活。我不能在那种铺着地毯，或者大理石的地板上生活。我不想孤身一人带着孩子在那些街道上散步。”

她的眼睛湿润了，但没有哭。“我是个被宠坏的女孩。这一点我知道，我很遗憾。”

无论如何，我们的计划又维持了几个星期，甚至是当诺拉被迫躺在床上，A女士已经开始在我们家里忙碌的时候。她礼貌地按照自己的意愿，重新规定了房间里和生活习惯上的秩序。当我大着胆子，重新提起到苏黎世生活的事情时，A女士说：“谁知道那边都吃些什么脏东西。”(A女士的很多看法都来自食物，另外又有很多归结为食物。她认为三餐是一天里最重要的时刻)。我能肯定，她和诺拉对迁居的细节进行了讨论，而且已经予以否定，只不过她们是在用完全女性的方式暗示我。在关系到我们双方的问题时，诺拉时常采取这种强硬的做法。她的反对坚决而又客气，而且，她会一点点地把这种意愿强加给我。诺拉为他人装饰家居，也用同样的精神装饰了我的生活。与她在一起之前，我的生活简朴而有节制。

两个人静等我理解她们的决定，随后把拿主意这种形式上的东西恩赐给了我。一天早上，我写了一封短短几行的邮件，说鉴于我妻子怀孕情况复杂，我不得不放弃奖学金。对于如此的让步，我的导师表现出了不屑。他说：“科学发现不喜欢舒适的生活，也不喜欢不方便的妻子。”事实上，我的放弃令他高兴，因为没有人能够很快承担起我为他所做的这份苦差（绘制几十个费曼图表，代替他上几个小组的理论课，整理他的笔记，要在晚上做出来，并且在半夜检查的数字模拟……以及所有事情，以便他能够把大部分时间用来上网。只有很少那么几次，他拿起粉笔，在办公室的黑板上向我展示，握在他手中的粉笔是多么浑洒自如，代数也在他笔下呈现出它那无耻的美丽）。

尽管如此，那天晚上，当我从学院大楼最现代化的一侧的楼梯走下来的时候，就连自己也感觉到了一种意想不到的轻松，甚至是英雄主义，因为我将自己的雄心壮志抛在了一边，选择了诺拉内心的安详。对于那些移居海外的同行来说，摆在他们面前的可能是辉煌的学术成绩，玻璃与金属结构的空气流通的办公室。然而，他们要住在遥远的地方，不仅仅是远离这里，而是远离所有地方。他们会与外国女孩相遇并且结合，拥有“方便的妻子”。再有，那些女子属于北欧人，与她们交流需要一种中介语言，法语或者英语，就像外交官那样。我呢？我有诺拉。她能够理解我话里所有微妙之处，以及所有我决定不用语言表达出来的意思。除此之外，我还能指望什么吗？想一想，难道要为了一个奖学金——即使它赫赫有名——而将这些置于危险的境地吗？从日心说到万有引力定律，从麦克斯韦方程组到普朗克常数，从狭义相对论到广义相对论，从围绕自身旋转的多维字符串数组，到最遥远的脉冲星，从一开始，物理学的每一点进步，所有这些发现带来的荣耀，都不足以取代我内心的充实。我完全能够意识到，情感的陶醉注定只能持续有限的时间（普朗克常数不会如此，它会永远存在）。此前的经历也足以令我明白，这种陶醉会以同样快的速度，转变成完全相反的物质。然而，至少今天晚上，我可以牢牢抓住它。回家的路上，我没有走最近的路，而是绕道去了那家鱼铺，买了足够一个四口之家填饱肚子的炸鱼。苏黎世从此再也没有被提起。

现在，我们又要从头来过。我重新开始在欧洲那些目的地中搜寻，找出能够同时满足我的职业需求和诺拉的期待的去处；另外，考虑到埃马努埃尔，那里至少还要有一所意大利小学。杜伦，美因茨，乌普萨拉，弗里堡，没有一个满足所有的条件。所以，我把它们逐一划掉。一张清单结束之后，我又转移到一张不同的清单上面：那里是为了获得下一次的研究津贴，我要与之竞争的同行。我在网络上窥视着他们每个人最近的研究成果，计算他们作品获得的引用总数；然后，我把这些数据输入程序，计算这些将与我较量之人的分数。我有理由相信，下一轮自己仍旧可以胜出，因为我在某些方面具有优势。不过，前提是评价不出差错，而且学院里不会出现舞弊的现象。

尽管如此，几年以后，这种犹豫不决依旧会一再出现，直到幸运突然降临（某个老教授在物理学院的六楼摔断股骨，刚好为我腾出了位置）；又或者，直到我收藏起自己的梦想，去专注于具体的事情。这一点更有可能。金融、软件和企业咨询领域会有空闲的职位。这是因为，物理学家会管理数量庞大的信息；他们多才多艺，尤其还不会抱怨。不过，这只是人们的说法。

面对心理治疗师，我却将自己的痛苦夸大了。我声明，自己是务实的，或者无论如何都要变成这样的人。治疗师却将我的沮丧定义为“哲学式的”，然后，他建议我在失眠最严重的夜晚，服用再普通不过的立舒定。

就这样，我们三个人都专注于自己的事情，并不去注意其他人：诺拉在为各种事情而忙碌，埃马努埃尔尝试着承受思念之苦，我则沉浸在心理脆弱导致的迷茫中。一个年轻的家庭有时候就会如此：它如同一团尘埃，以自身为中心聚集在一起，同时又时刻面临爆炸的危险。

所有这一切足以使我忘记A女士的咳嗽。与此同时，病情已经严重到令她无法合眼的地步。又是一个难以入眠之人。这并非因为房间里遭到了幽灵的入侵——很长时间以来，那些幽灵是她最好的朋友——而是因为每次躺下，她的胸口就开始跳动，直到她重新坐起身来，吞下另外一种药水，一种甜丝丝的糖浆。

A女士不再去望弥撒了，因为那样会打扰他人。她注意到，人们不满地打量着她，前排的人也会不耐烦地抖动肩膀。最后一个星期日，她在领圣餐之前就离开了，在跨过长凳的时候，她还笨拙地踩了旁边女士的脚。咳嗽声在高大光秃的穹顶下回荡，被放大到令人无法忍受的程度。

A女士穿过白桦林，抄近道回家。她心里想着领圣餐这件事——“事”，当我谈起她的时候，出现在我嘴边的是这个词——心里怀着愤怒，同时，也不乏可怕的、渎神的怀疑。她经常把这个词挂在嘴边：“好事”，“怎么回事”，“袜子这件事得解决”，一切对于她来说都是一件事。那天，在回家的路上，她心里思忖着：领圣餐时那种特殊的气氛，说到底会不会是一种夸张？唱圣歌，主祭牧师的低声细语，以及低垂脑袋、双手合十、排成了长队的那些人。这个念头产生之后，A女士就开始逐渐远离她的信仰。这种危机在此之前从来没有发生过，却恰恰出现在她可能最需要信仰的这个时候。她再也不会去忏悔了，即使她的人生行将终结。我认为，从某个时刻开始，她确信，这一次轮到上帝来向她请求宽恕。

我们很少闹别扭，而其中的一次恰恰是跟宗教有关。曾经有一段时间，她竟然教埃马努埃尔祈祷，却没有顾忌我们的想法。我和诺拉倒不是完全持反对意见，而是因为我们举办的是世俗的婚礼，除非是要参加别人的典礼，或者纯粹是为了旅游观光，我们也从来不曾同时在一座教堂里停留。为了和别人一样，我曾在十二岁时接受了洗礼，同时还领了圣餐、行了坚信礼。这是某种省事的三合一作法（我父亲完全反对。领圣餐的时候，他伸出去的手是僵硬的，还嘟嘟哝哝地说一些有关伽利略，放弃宗教，还有火刑的事情，神职人员气得脸色苍白）。我的宗教信仰来得很快，消失得也同样匆匆。

诺拉的情况更加简单，她对于信仰从来都没有热情。据我所知，她从来都不祈祷。我认识她的时候，她的脖子上就戴着一个犹太人的《玫瑰经》。诺拉并不重视它的象征意义，只是喜欢把那个物件戴在身上。当我对于如此表面的做法表示不解时，她回答说："这有什么不好？"

埃马努埃尔好像嗅出了我们对于宗教模棱两可的

态度。在饭桌上，他开始朗诵 A 女士教的祈祷词，一边还用目光向我们挑衅。我们继续吃饭，就好像什么也没有发生。假如他说个不停，诺拉就会和气而又坚决地对他说，这个时候不合适，最好当他一个人在床上的时候再祈祷。

我心里想，假如 A 女士能够有更多的时间照顾我们的儿子，信仰会不会果真在他的心里扎下根？或许那会是他的福气：任何一种信仰，无论是有意义还是无意义，是复杂还是简单，总好过没有任何信仰。有时候，我觉得我们这些年轻人，接受的是以僵硬和一贯性为原则的教育，而且处在严格的科学苑囿之中，所以比其他人生活得更加辛苦：在人与人之间，在事与事之间，在一代代人的身上，我们发现错误在世界上无限地传播。然而，看到并不意味着我们知道去做些什么。或者 A 女士的做法是正确的，也就是将自己的一部分情绪托付给上帝，就好像早上七点关于星座的广播。或许诺拉轻率地将《玫瑰经》戴在脖子上也是对的。

在短短几个月的时间里，埃马努埃尔的天主教信仰就已经消失得无影无踪。在A女士的葬礼上，我注视着他：他甚至跟不上神父的祈祷。另外，他也想不起来那些祈祷词，而是仅仅凭借观察周围的人，勉强背诵出一些片段。现在，耶稣成为他们给他讲的许多故事中的一个。

我是通过一个电话得知A女士病情恶化的。一天晚上，诺拉给她打了电话。在这许多年中，芭贝特一次也没有拨通过我家的号码。我怀疑她总是缴纳同样数目的电话费，从来不会多一分钱。诺拉吃力地听着A女士的话，因为她总会被咳嗽打断。她先是去看了全科医生，那人给她开了吸入式的糖皮质激素，但毫无作用。就这样，她失去了宝贵的十五天时间。然后，A女士又去找了那个医生，后者立刻将她转到了一个胸科同事那里。这位医生首先要求她做胸部X光，然后用造影剂做一个CT。

“CT？”诺拉警惕地问。她的话吸引了我的注意。

对，是CT，但报告还没有出来。不过，在做了胸部X光之后，她又回去找全科医生。因为胸科医生向她强调，她右侧的肺叶增厚。他说：“这里可能是病灶所在。是支气管炎初期，或者是肺出血。咱们暂且把它称作阴影。”A女士于是回到了全科医生那里，因为他总是对她把事情讲得一清二楚，而且是唯一这样做的人。那次也是一样。医生把片子举起来，对着从窗子射进的光线，观察了良久。随后，医生把片子还给了她，又用手揉了揉眼皮，简单地说：“祝你好运。”

说到这里，A女士嚎啕大哭起来。无论做不做CT，她都已经明白了。诺拉睁大湿润的双眼，一边用手指比划了一个字母C，也就是癌症这个单词的首字母，一边嘴里还说着些别的事情；然后，她把食指靠近了胸口。A女士则一边咳嗽和啜泣，一边语无伦次地说，有一只小鸟来找过她。在夏末的时候，那只小鸟给她带来了不祥的消息。

女店主

诊断结果很快就出来了。A女士并没有感到突然。事情到了这一步，我们也是一样，只是感到有些震惊。在所有的癌症中，肺癌无疑最容易被归结于一种特殊的生活习惯，一种有害的习惯，或者是一个错误。A女士平生从未抽过一支烟，哪怕是年轻时在烟草店帮父亲忙的时候，也没有抽过。假如那些没有耐心的顾客在店里点燃一支烟，她就会打开店铺的后门，把烟雾赶出去。在她的家庭和肿瘤之间不存在任何明显的联系。她只有一个阿姨咽喉得了病，还有一个远房表哥患上二期胰腺炎。A女士个人的病史也仅限于关节炎，和一些常见的疹子。她的饮食也是健康的。在可能的情况下，她都是吃自己菜园里的蔬菜。她呼吸着新鲜的空气，而且从来没有犯过哪怕一点儿错误，从来没有。尽管如此……

我向一个医生朋友转述了那份活性组织检查报告中我能弄明白的部分。A女士把它读给我听的时候，每个术语都会读错（直到临终前，她都是这样做的。她的智力受到了那些无法理解的科学术语的嘲弄。而即使在生命的最后几个月里，一旦谈到这些，她仍旧十分得意，像是一个能够掌握复杂的内科医学的人，因为这些都是她的亲身经历）。从她的话中，我听出了“癌症”，“非小细胞”和“第四阶段”。这些词就足以使我的医生朋友担忧地嘟囔了一句。然后，他低声说：“会很快。这种癌症极其准时。”

现在，我们每天都给她打电话，以便从频繁的通话中得知病情的进展。最经常听到的那句话是：“我弄不明白。”我想反驳她，说没有什么需要弄明白的。事情已经这样了，仅此而已。她的癌症与一项统计结果相吻合，也许是高斯曲线上被人忽视的末端，但仍旧属于自然秩序的范畴。不过，这种现实主义，我仅仅是把它埋藏在心里，只有和诺拉在一起的时候才会把它掏出来。诺拉也不明白这一切是为什么，她感到迷惘。在她看来，我的这种清醒仅仅是经过伪装的玩世不恭，也是我性格中最令她气愤的一点，是我青年时代那种刻薄残留至今仍未得到纠正的部分。我们没有再提起此事。

所有人都在寻找的那个合乎逻辑的理由，很快就显现了出来。这个消息出现在从报纸上裁下的一片纸上。一天下午，一个女邻居——朱丽叶塔——把它作为馈赠送给了A女士。报纸被保存在一个透明夹子里面。对于她生病的消息，这个邻居的反应比起任何人都要糟糕。一份可靠性值得商榷的科学研究表明，在苏萨山谷地区，癌症的发病率出现了异常。可能导致这种异常的原因中，就包括了设在基亚诺科山上的电话信号接收机。很多年以来，对于它所造成的危害，山谷的居民中间已经存在着传闻。此外，还有沿着罗讷河修建的核电站。

“有可能，”我在电话里评论说，“对，有可能。”但是，我不得不指出，诸如“异常”，以及“核电站”这样的词汇，A女士会根据情况需要，将它们理解为“可怕的”，或者“令人安心”。现在争论这些不是时候。关于那些电话信号接收机，还有边境以外的核电站，假如我们需要这些东西，那么我表示欢迎，就让它们来承担罪责吧。比起同样无形的命运，空虚，以及上帝无情的惩罚来说，怪罪于法国人的浓缩铀和电磁辐射更加容易。

很快，就连叩问缘由的时间也没有了。有时候，A女士有大量的新任务要完成，这令她回忆起雷纳托做透析的那些年，只不过现在被置于聚光灯下的是她的身体，而照顾这个身体的是她本人。快要开始第一轮化疗——在不情愿地放弃了手术的假设之后，肿瘤科医生预计需要三轮化疗，每两轮相隔二十天——的时候，A女士希望能拥有一顶假发。很难预料从何时开始，头发会一绺接一绺地落在地上。所以，她希望有所准备。由于命运的残酷，头发是她真正在乎的部分。她走路歪歪斜斜，至少二十年没有买新衣服（反正我们在每个纪念日都送给她一件羊毛衫，因为这样做从来都不会错）。A女士甚至不会多花一分钱在化妆品上面；她佩戴的首饰也是她丈夫曾经见过的那些。然而，她对自己的头发格外爱护。有时候，为了安慰她，诺拉会帮她约自己的理发师。我妻子曾经多次提醒我注意，拥有像A女士这样自然的，夹杂着几绺银色的石膏色白发的女人非常之少。“但愿我老了以后能有像她一样的白发。”她说。我怀疑，在这种愿望的背后，隐藏着一种深层次的、从属的想法。

“我想先把它们剪短，”A女士在电话里说，“就像我还是姑娘的时候一样短。这样，至少在看到自己的秃头时，我能够习惯。”

诺拉正确地理解了这个想法，也就是一种任性。她说：“别傻了。这样很好。”

A女士其实是暗暗地希望，把头发剪短以后，根部会变得足够坚固，之后也就不会再脱落。她的思维方式充满了民间的迷信。根据不同情况，这些迷信有时令我觉得有趣，有时却会使我怒气冲天。她不清楚人们注入她体内的毒药具有多大的破坏力。它的能量就好像飓风，会摧毁任何形式的生命及其所进行的抵抗，不论是善的，还是恶的。诺拉最终还是阻止了她，同时也努力为她寻找一家最好的商店购买假发。诺拉询问了一个女顾客，后者曾经请诺拉为自己装饰位于利古里亚的房子。一年前，因为恶性囊肿，这个女人不得不牺牲了自己的两个乳房。现在，诺拉提到她时都会怀着一种特别的欣赏，就好像她的经历使她在意识方面得到了提升。女顾客给了我们老城区一家商店的地址。从我事先打的那个电话来看，她的建议没有错。在谈到为一个患癌症的女人购买假发时，接电话的姑娘远没有我那么尴尬，甚至是毫无尴尬，仿佛人们总是出于同样紧迫的需求给她打电话。

一天，A女士来到我家。在厨房里，我用卷尺为她测量了颅骨的周长。以前，这把尺子属于她个人专用，就保存在放缝纫用具的盒子里。然后，我又为她从正面、侧面和背面照了像。需要始终按照这种方式梳理假发，因为这个发型是为了再不会生长出来的头发设计的。

我亲自陪她去试假发，这件事足以令我感到古怪，就好像我是陪她去看妇科。A女士性格开朗，癌症说不定会被她战胜。她仿佛很高兴，因为这段时间是完全属于她的。她喜欢有人开着她的车，而且还请她喝咖啡。不知道已经有多长时间没有人花时间来陪她了。

在商店里，他们安排我们坐在一个走廊中间，从那里可以看到其他房间里在做什么。在我们的头顶，高悬着一盏用水滴形晶石做成的吊灯，上面装着节能灯泡。这里的风格介乎于高雅和混搭之间，事实上更接近于混搭。A女士指着一件件家具，每件家具都被她赋予了一种风格：皇家，自由，巴罗克……“看到了，我有多少东西可以交给孩子啊？”她叹了口气说。可是，孩子一直都没有来。

诺拉和我第一次接吻的时候，我们两个人都戴着假发。她头上的假发有前臂那么高，形状像个菠萝；我的假发是灰色的，呈波浪形。我们的脸上都涂着化妆用的白色油彩。排练的时候，我们在准备《女店主》中的一些场景，但这些场景中的任何一个都不会展示在观众面前。我们身着戏台上的服装，以使表演显得更加郑重，也使自己更有满足感。

每天晚上，物理学院的男生们一走出茱莉亚大街那座简朴的大厦，便立刻奔往城市各处，寻找姑娘们聚集的场所。她们的穿着不像他们一样朴素得如同苦行僧，外型上也不像他们那样不修边幅。我们会去参加一些课程，诸如摄影、东方语言、烹饪、探戈和有氧运动，也会混进挤满了现代文学系女生的电影俱乐部；或者是装作相信拉雅瑜伽在精神方面的潜力，只要它能够为我们打开一条通往性的道路。经过几次尝试，我成功地加入了戏剧课程，尽管我对此毫无兴趣。第一次上课的时候，已经上了一年课的诺拉陪我做呼吸练习。尚未报出自己的名字，我未来的妻子就用一只手猛推我的腹部，迫使我发出了一声令人尴尬的、不情愿的声响。

课后，夜色已深，我们在河边来来回回地散步，绕着公共汽车站转圈。不止一辆汽车从那里驶过。最终，我们彼此道别。诺拉几乎都是在谈论她的父母，谈论他们即将分手、彼此充满敌意的那段时间。想到父母令她备受折磨：怎么可能在年仅二十五岁时就为人父母呢?在这个年龄，我们会突然意识到，自己其实希望成为与他们一般无二的成年人，但或许我们做不到。

我们戴上假发的那天晚上，我模仿那个享受补助的俄罗斯人阿列克谢，结果把她逗笑了。我和这个阿列克谢共用大厦底层的一间办公室。他在办公室留宿已经一个月了，为的是省下房租。阿列克谢备了一个小电炉，用来加热各种可怕的罐头食品。夜里，他避过警卫，把一个睡袋摊开，放在我们并排摆放的写字台上。除非碰巧没有听到闹钟的声响，否则，他都会在我到达之前把一切收好。诺拉在毫无预兆的情况下吻了我。当时，我们的头上戴着假发，我正在模仿那个俄罗斯人蹩脚的英语。所以从某种意义上讲，当事者是我们，又不是我们。或许当我们去吻一个从来没有吻过的人时，事情总会是这样的。

我把这些讲给A女士听，目的是把她的注意力从等待这件事情上移开。然而，她要么是对这些事情早就知晓，要么是不太感兴趣。所以，当一位姑娘手里捧着一个木托出现，而木托上放着她的新头发时，A女士霍地站起身来。

无论是颜色还是发型，假发都与她的头发惊人的相似。不过我敢打赌，二者的坚韧程度截然不同。A女士对着一面镜子坐了下来，任凭大家讲究地为她戴好假发，仿佛那是一顶王冠。她陶醉地看着镜中的自己，然后先朝一侧偏了一下头，然后是另外一侧，又跟姑娘要来一把能够拿在手里的镜子，以便检查背后的效果。

“我几乎更想直接戴着，而不是把它摘掉。”她说。我不知道她这样说究竟是为了给自己打气，还是果真这样想。戴着那些人工合成的头发，她无疑显得与之前不同，但又一般无二。

我们被告知了假发的护理方法：可以梳理，还可以用一种非常柔和的香波清洗，但不需要太频繁，没有那个必要，因为假发不像我们的头发那样容易脏（姑娘谨慎地使用了“我们”这个词，而不是“真的”）。姑娘说：“现在，您可以选择夜晚戴的睡帽，是赠品。我们有很多颜色。薄荷绿，喜欢这个吗？您觉得怎么样？它跟您眼睛的颜色也很配。等一下，等一下，我来帮您摘。”

A女士两手按住了假发，说：“不！假如可以的话，我想戴着它。这样，我至少可以习惯一下。”

一句令人伤心而且扫兴的话，从姑娘的嘴里脱口而出：“噢，当然可以。现在它是您的了。”

我们挽着彼此的手臂，走出了商店。A女士顶着她的新头发，神情得意。“咱们什么也不要对诺拉说，看看她能不能看出来。”她建议说。我对她说，我觉得可以，这是个有趣的主意，就像是一个测试。与此同时，我给妻子发了一条短信，告诉她芭贝特会戴着假发，而她要装作没有觉察。

兴奋之余，我们忘记了拿上木托。几天之后，我又一个人去把它取了回来。接待我的还是那个姑娘，我对她说：“请原谅，那位女士忘记了脑袋。”但她并没有笑，可能觉得这个笑话没有品位。

我把木托放在车里乘客的座位上，准备下次遇到A女士时交给她。那一次，我们甚至还聊了几句。一天下午，我顺路捎一个年轻些的同事回家。她坐进了车里，然后困惑地从椅子上拿起那个木头脑袋。“你拿这个做什么？”她问。接着，不容我解释，她装作在木头脑袋的嘴唇上亲吻了一下，尽管它并没有嘴唇。

古董的房间

第一阶段的化疗过程中，A女士并没有掉头发；甚至第二阶段也没有。不过，她始终在呕吐。或许这样更糟。她在三个关键的位置摆放了小盆：沙发旁，床铺下面，还有卫生间里。谈起如何有规律地使用它们，她没有表现出任何的腼腆。在说到身体功能的时候三缄其口，从来都不属于她的个性。A女士是一个说话直截了当的女人，这种女人——她会这样来形容自己——喜欢有一说一，有二说二。令她无法容忍的是，镇上的人都问她怎么样了。得知癌症这件事的，就只有朱丽叶塔和另外两个女伴。她们当中没有一个是非常喜欢嚼舌根的人。不过，她也意识到，有谁患病是非常吸引人的谈资。在过去，就连她自己也曾经利用这个或者那个人的身体状况，挑起一阵无用的叽叽喳喳。谁又当回事呢？在一个月多一点的时间里，她瘦了六公斤，而且明显衰弱了。所以，当大家都询问她的健康状况时，她并没有感到吃惊。但为了避开这种麻烦，她将出行减少到最低限度。现在，A女士更愿意在阿尔梅赛市场购物。那里距离山谷要近几公里，而且反正是位于从医院回家的路上。

医生们不建议她吃生冷的蔬菜，以及浸在油里的和袋装的食品。所有这些东西都含有一种潜在的、威胁她免疫系统的细菌，而她的免疫系统已经被药物完全破坏。A女士遵循的是孕妇食谱，却没有能够在更好的情况下尝试它。恰恰像一名孕妇那样，在治疗及其副作用的间歇，A女士会去追逐那些越来越少出现的，对于事物的短暂渴望。她把这些渴望戏谑地称为“我的愿望”。

一天，她上了车，一连开出好几公里，只是因为她回忆起贾韦诺一种木制烤炉里烘烤的面包。她这一生始终在以模范行为的名义拒绝这些恶习，为了尊重……为了尊重什么呢？从前，她曾经很多次想到那种面包，但都没有敢去买。因为仅仅为了这么一个任性的念头就开车拐那么多个弯，好像不合适。如今，她牢牢抓住这些欲望，并且把它们当做借口。因为每个愿望，都代表着一阵生命的颤抖，使她有几分钟的功夫不去想自己的疾病。这种念头塞满了她的脑袋。

最先从她冰箱里消失的是帕尔马奶酪，然后是所有的奶酪，再接下来是红色和白色的肉。她对我解释说，关于肉，问题倒不在于恶心，而是她几乎感觉不到气味和味道。咀嚼一块肉，却感觉不到它的味道，就好像嘴里含着某种死掉的东西，而一旦想到那东西是死的，最终会无法将它下咽。

“昨天，我想吃豌豆和鸡蛋。我把它们煮了，而且吃得心满意足。后来，我一阵咳嗽，又把所有东西都吐了出来。得啦，鸡蛋和豌豆也甭吃了。”

对于传统饮食中那些最为大胆的东西，A女士并非怀有恶意，比如烤制的田鸡腿，煮蜗牛，鸽子和牛羊肚儿，炸猪脑和内脏。如今，她连一盘清淡的鸡蛋和豌豆都无法下咽。“水。你能相信吗？连水都让我反胃。”从十二月开始，在她人生最后的一年里，A女士都只能喝带汽的饮料：可乐、橙汁和酸橙。她主要以甜点为食，就像是一个毫无节制而又不知悔改的小姑娘。

我决定去看她。了解过她那荒唐的食谱之后，我为她购买了一盒做成西洋跳棋形状的芭喜牌巧克力（鉴于这次成功，每次我去看她都会带同样的托盘，直到最后她连这些东西也拒绝的时候）。一个阳光明媚的周日早上，我和埃马努埃尔一同出门。为了对逃跑的保姆表示尊重，他带上了一幅色彩斑斓的图画，看上去就像是一种幻觉。在画面上，长着翅膀，头发呈玫瑰色、淡紫色和蓝色的仙女，在妖怪肆虐的天空中飘浮。

“这些是谁呀？”我问他。

“娇嫩的小仙女。”

“那么他们呢？”

“神奇宝贝。”

“啊。”

很可惜，埃马努埃尔后来决定用纸把这幅画包起来。他把纸搓成了一个球，就好像是糖果一样，并在上面粘满了胶带。他交给A女士的，是一个被搓皱的黏糊糊的大药丸。A女士疑惑地把这个东西放在了一边。她再没有时间搭理埃马努埃尔那些未完成的创意了。现在，她需要照顾自己的身体。她要服用所有那些药物，而它们的效果更多是辅助性的，而非真正有益。我有非常明显的预感：一旦我们离开，这幅画就会被丢到垃圾筐里。

埃马努埃尔无法理解所有这一切，也无法理解疾病使A女士变成了利己主义者。他没有觉察到，A女士已经不再是那个照顾他，仅仅照顾他而非其他人的女人。尽管在此之前，她始终追随他的那些奇思妙想，无论它们发展到任何地步。而且，她还把他当一个王子那样疼爱。当埃马努埃尔觉察到了这种突如其来的冷淡时，就变得紧张而又蛮横。从他声音的变化中，我直觉地发现了这一点。因为每当他希望成为人们关注的焦点时，就会这样做。与此相反，A女士无法理解到这种深层的含义，也不能明白孩子头脑里闪过的念头。就这样，我被夹在两团炙热的，希望与憎恨的火焰中间：一边是生病的老妇人，另一边是一个小学生。双方都希望所有的目光集中在他们身上，否则，他们害怕会就此消失。

我让埃马努埃尔到下面院子里去玩，尽管天气还很冷。他起初抗议，但最终还是服从了。在门口，他向我投来那种最为气愤的眼神。

在A女士家里，有一个房间的暖气已经关闭很多年了。这个房间既不像客厅，又不像工作室，而更像一个圣物间。冬天的时候，那里的温度比家里其他地方至少低十度。踏进那个房间，我感觉像是走进了一个地下墓穴。房间的窗户上装饰着彩色玻璃，上面还绘制了女人面孔的剪影。从窗子射入的光线因此变得柔和，如同是在墓穴中。我不记得那个制作玻璃的艺术家的名字，但A女士总是会满怀敬意地提起他。在那个房间里，所有事物都令人回忆起雷纳托。

在墙壁上一处凹陷进去的空间里，有几层架子，每一层上面都陈列着一种不同的收藏。藏品属于不同的时代，风格混杂，令人联想到，如此的选择是受到了一种特别的，或者说是非常令人鄙视的，缺乏连贯性的性格影响。在藏品当中包括了几尊哥伦布发现新大陆之前的雕像，和一个我在别处从未见过的、形状古怪的镇纸。还有依据两种品位绘制的陶瓷制品，以及各种银质和黄铜的器皿。在房间的中央摆放着一张矮桌。桌肚分为两层，里面都铺着绿色的布料，上面陈列了二十多块怀表。每块表之间距离相等，时针也都指向正午。从这个品种混杂的收藏看，雷纳托这样的旧货商希望成为艺术品行家的期望一目了然。然而，他与这个目标擦肩而过，并未能够真正实现。很难说A女士是否意识到了这一点。无论如何，她都不会诋毁丈夫的灵感，因为这与天才相差无几。在她所有的人生经历中，协助雷纳托从事艺术品贸易，无疑是最为意想不到而又令人激动的。仅仅是想到它，都会使她心中充满骄傲。

最为珍贵的物品，都堆放在一个绘制着东方图案的漆制屏风后面。那里有五十多幅油画，尺寸各异，而且都货真价实。我敢肯定，那里面包括阿利吉·萨苏和罗马诺·加泽拉的作品，以及至少两幅费利切·卡索拉蒂画派和几幅未来派时期的作品，尽管不是出自最为著名的那些画家之手。A女士还向我提起了朱塞佩·米聂科的《新婚夫妇》。尽管一位医生坚持要买，而且每年都抬高价码，雷纳托从来都不愿意将它出售。她说，那幅画会令她想起他们，就好像想到我和诺拉一样。

事实上，我从来都没有见过一幅画作。A女士仅仅给我看了包装用的纸，而那些纸都是一样的。唯一的一次，我试图从包装的边缘偷看。她上前一步，拦住了我。我就再也没有敢尝试过。

“你想如何处置这些东西？”带着埃马努埃尔去拜访A女士的那一次，我这样问她。这是一个不够谨慎的问题，事先我并没有深思熟虑。然而，我觉得有责任提醒她，想想以后如何处置这些宝贝。这些她在一个不会引人注意的公寓里，在一个同样不会引人注意的单元房里，珍藏了如此久的宝贝。任何的后来者都不会对这些东西抱有哪怕最小的尊重，至少不会像她希望的那样。因为这种历经一世的长久的忠实，是他人无法匹及的。A女士仍旧能够安排自己的离世，完全按照自己的愿望决定那些东西中每一件的命运。对于她来说，这显得是一种奢侈。

“放在这里挺好。”她回答我说。

A女士说感到冷，立刻要求我离开那个房间，移步到客厅里去。因此我觉察到，这个问题在我们之间造成了片刻的裂痕。我明白她在想什么，而且不能说她的想法没有道理。尽管我好像没有发现自己别有用心，但还是要承认，有片刻功夫，我曾经想象那幅画着剥桃子外皮的裸女画，挂在我和诺拉的卧室里，以便使那面墙能够最终获得尊严。我们从来没有找到一个适合的东西，一个在我们看来颇为私密，无论我们是醒着还是睡着，每天夜里都从那上面注视着我们的东西。

在那个星期天之后，我又到A女士的房子去过一次。她已经去世四个月。最终，她把两个成套的家具留给了我们：一张桌子和一个二十年代的碗橱，都是米色的。我不得不匆匆忙忙赶过去，在房子被卖掉之前把它们取走。两件家具，芭贝特唯一的礼物，也是我们保留的唯一属于她的物件。A女士没有给埃马努埃尔留下任何东西。

维尔纳和马切拉两个表姐妹，都在鲁比亚纳等我。那张桌子和那个碗橱是房子里唯一留下的家具；另外，那里还有一些大箱子，里面存放着不值钱的东西：一个高压锅，两个塑料水瓶，还有那套带金边的杯子。

“这些我们捐给慈善机构。”维尔纳说。

“高贵的想法。”我评价说，话中丝毫不含讽刺。

那些灯具，收藏的手表，哥伦布发现新大陆之前的雕像，起居室里的那些画和钟表，全部踪迹皆无。甚至窗户上的彩色玻璃也没有了。房间里洒满了刺眼的阳光，而此前却从来不曾这样。这套房子空荡荡的，被洗劫一空，倾尽一生的收藏瞬时间荡然无存。A女士曾经有很多时间，很多个月，可以为那些老古董寻找一个继承者，从而赋予它们意义，但她什么都没有做。在诊断结果出来之后，她仅仅将注意力集中在忙碌度日上面，所有的日子，以便能够多活那么无益的几天。关于她，以及她毕生珍藏的所有东西，没有留下任何痕迹。每样东西都散落到了不相干的地方，那里看不到关于这些物件的任何渊源。所有的出土文物都失去了它所承载的记忆。如今，它们仅仅被用来创造利润。

可怜而又愚钝的A女士啊！你被耍了，首先是疾病开了你的玩笑，而后是死亡。你藏在屏风后面的那些画去向如何呢？那么多年，你甚至没有打开看看它们，以免它们被灰尘侵蚀。甚至连屏风也不见了踪影，大概是被遗弃在某个潮湿的仓库里，上面罩着玻璃纸，下面垫了一个底座。要记得还有未来，A女士，永远要记得。你总是夸耀自己多么有智慧，说你所知晓的一切都来自亲身经历。只可惜，那些经历并没有显示出太大的作用。你本来应该三思而行，因为你的实践精神并不足以拯救你自己和你所拥有的东西。当人生走到尽头，哪怕是最小的过失，还是性格中最与人无害的不足，都不会得到宽恕。

我们把那张桌子摆在厨房里。埃马努埃尔认出了它，绕着桌子转了一圈，却没有去抚摸它，好像是在想：它是通过哪条时空隧道，才从A女士过去的家运到了这里。第一天晚上在那张桌子上吃饭感觉非常奇怪。我们都不习惯大理石桌面的冰冷，以及前臂接触到它时的那种平滑。人为的光线，借助亮晶晶的平面反射到我们的眼睛里，整个房间突然显得更加亮堂。

“我得把灯泡的瓦数换低一点。”

“是啊。”诺拉心不在焉地回答。然后她又说：“你不觉得是在跟她一起吃饭吗？”

那个碗橱太长了，没有地方放。对于我们这个城里的厨房来说，它的体积太大了。我们把它存放在地下室，等待给它派个新的用场，尽管那很难。一天早上，我来到地下室里，为的是把它清洁一下，并进行防蛀处理。我发现，木材细小的粉末堆积在几个角落里。我打开最上面的一个小门，发现碗橱里面的壁板上贴着从报纸上剪下的各种各样的文章，每篇文章的时间都用圆珠笔写在了上面，一九七五年或者一九七六年。那些年雷纳托还在世，不过身体已经非常虚弱。据我所知，这个碗橱是他的一个阿姨送给A女士的，或许是在他们结婚的时候。

我浏览了一下那些文章的标题，试图从中找出一个我认为合理的选择标准：

黑色阴谋，官员遭警察局逮捕

五角大楼和中央情报局导致了古巴的干旱？

美国国际电话电报公司（*ITT*）确认资助了反阿连德政变

民房将用太阳能供暖

从百万富翁到化妆品公司总裁的工资

圣乔利奥：恶臭的垃圾填埋场

她五十岁，他六十七岁：的确是一见钟情

乍一看，总共四十篇左右的文章之间，并不存在某种连贯性。最为明确的信息是，选择这些文章的并非A女士（我怀疑她并不知道古巴确切地在什么地方，也不知道五角大楼和一个有五条边的几何形状有什么不同）。尽管如此，我的目光从一扇小门移至另一扇小门，从一篇文章移到旁边的其他文章。于是，我开始注意到，文章的种类其实并不多，而且反映了一些根本性的问题。我把那些文章数了数，然后按照题材分类。令我吃惊的是，计算的最终数据显示，大部分文章涉及中央情报局，联邦调查局，以及美国与菲德尔·卡斯特罗之间艰难的关系。即使在我们最后的几次谈话中，A女士也不曾提到雷纳托对那些权力阴谋怀有特别的兴趣。然而，碗橱的这些小门却向我展示了一个热衷于了解那些阴谋的人。雷纳托把报纸上的文章一篇挨着一篇贴在那里，或许是为了拼出一幅完整的图画，以便揭示社会对他的欺骗。或许还不止这些，说不定雷纳托还与一些秘密机构合作。A女士没少将他描绘成一个无法预料的人，一个同时过着多重生活的人。他的生活也因此显得有趣。不过，一个与情报局合作的人，可能不会把关于中央情报局的报纸贴在厨房的家具里面。

在一个盒子上，特别用软头笔画了一个方块，作为标记。盒子里保存着一九七三年的一些新闻，涉及世界上最强大的十家企业。克莱斯勒名列第五位。假如雷纳托得知后来发生的事，比如克莱斯勒化为灰烬，此时已经被置于他的一个同胞麾下，他会认为地球是绕着自身的轴做了反方向的旋转。

假如有一天，我和诺拉的家具沦落到拍卖市场，又或者它们被从火山灰下面挖出来，那么，在这些家具上面不会或者几乎不会留下我们的痕迹，而只能看到一些埃马努埃尔草草留下的，就像是岩壁画一样的涂鸦之作。那些作品能够追溯到他手拿软头笔，在家里的各个角落搞破坏的那个时期。未来的考古学家不会在这里找到照片。我们为数不多的照片，都封存在电脑的硬盘里。等到它们被重新发现的时候，应该已经有很多年不能用了。我和诺拉狂热地反对传统理念。我们不保存任何东西，彼此不写信和便笺（除了几张购物清单以外）。旅行的时候，我们也不买纪念品。因为通常情况下，那些东西都极其没有品位，而且满世界都有，一般无二。自从小偷光顾之后，我们就不在家里存放黄金，或者珠宝。这样做的原因很简单，因为我们没有那些东西。我们共同的生活托付给了良好的记忆。我们的，以及储存在母盘里的那个记忆。即使我们两个，我和诺拉，也并不记得还会有未来。我们没有结婚照相册。你觉得这可能吗？可是，终有一天，我们会距离那个时刻相当遥远，以至于不愿意重新去经历它，至少是不要在画面上。

那些将会拜访我们家，并且吹去上面灰尘的考古学家，只能找到那些复杂的家居产品的金属部分。他们要花很多时间才能恢复它本来的美丽。他们会发现这个家里的物件很少，而且几乎没有装饰。即使埃马努埃尔的房间也是一样：那里的玩具和颜色也逐年减少。因为，如今对他来说最重要的东西，都装在一个便携式的电子产品里。我心里想，有什么东西能够暗示那些考古学家，在这些房间里，曾经居住着一对夫妻，然后是一个家庭。他们曾经幸福地生活在一起，至少有很多时候是那样。

另外，假如经历了复杂的，演变成化石的过程之后，在放纸的容器里，在那些尚未遗失的、成堆的报纸当中，能够有一些破报纸幸存下来，考古学家们或许会像我对待A女士家碗橱里的报纸那样，浏览那些报纸的标题。要是那样，他们或许会联想到这是第二个中世纪，也就是另外一个黑暗、看不到多少希望、历时千年的过渡期。也或者他们不会这么去想，因为只有对于我们来说，这个时代才显得如此沉重与腐朽。就好像在雷纳托的眼里，他的时代沉重与腐朽一样。这是因为，我们都容易受到他人的影响，因为每个时代的内部，都存在着对于灾难的傲慢的奢望。

贝鲁特

没有芭贝特在场的第一个圣诞节，诺拉对我坦白说：“她不在，我做不到。”A女士决定和她的表姐妹们一起度过平安夜，而不是和我们。她总是把她们描述成妒忌而又邪恶的人。尽管生活孤寂，也还是离她们远远的。然而，癌症好像降低了她对家庭的免疫能力，尽管这种自卫是她耗费半生建立起来的。或许她事先没有想到，我们今年还会邀请她。说不定她心里想：现在，我已经不是他们家的保姆了，他们没有理由一定要请我。当我打电话给A女士，说今年还是欢迎她来时，她好像不知所措，几乎是有些厌烦：“拜托，我甚至不敢想在餐桌边坐下来，看着所有那些食物的情景。如今，和我在一起太麻烦了。”

我建议她在圣诞节之前或者之后来找我们；要么

不吃饭，要么肚子饱饱的。我们同样会很高兴。

“还是算了吧，”她打断我的话，“你们安安心心过节吧。”

不过，诺拉和我丝毫没有感到安心。没有了A女士，平安夜晚餐的客人名单显得比任何时候都要可怕：我们三口，诺拉的母亲，她的第二任丈夫安东尼奥。此人热衷于评论经济危机，同时也是一个极具煽动性的超龄博主。还有他的女儿玛莱娜，诺拉对她从未产生过感情。这或许是因为她们之间相差十岁，又或者，就像诺拉刻薄地认为的那样，对于父母再婚后的孩子的那种喜欢，完全是不情愿的，是为了服从命令。随着圣诞节的来临，诺拉父母的离婚如同暴风雨前的乌云一样，重新变得浓密起来。诺拉任凭空气中潜在的电能感染她，而且随时准备将一万瓦特的电量倾泻到处于她射程之内的人身上。通常情况下，这个人会是埃马努埃尔，或者我。她不会令任何人失望，无论是我的家人，还是她的家人，又或者是家人新近获得的家人。与此同时，避免彼此之间令人尴尬的冲突，又是一种考验精明程度的游戏，而我们永远无法做到。

至少A女士在的时候，能够保证有一个平衡因素存在。当餐桌上明显急需共同话题，而大家又无意寻找话题的时候，我们就把注意力集中在她为我们烹制的菜肴上面。我们对她表示夸奖，轮流进行评论，接着又为来年提出建议。就这样，我们艰难地耗到午夜时分。A女士成为圣诞的中心，又或者是替罪羊。不过，赞美总会使她感到高兴。在那个晚上，A女士比任何时候都更像家庭的一员。不过，她完全无法坐在我们为她安排的座位上。她在起居室和厨房之间紧张地来回穿梭，话都来不及说完；她很早就开始洗盘子，每五分钟换一次衣服，从保姆到客人，再从客人回到保姆。回想起来，这对于她来说应该是极其疲惫的一天。到了吃甜点的环节，我掌握了局势，迫使她把屁股粘在椅子上。我就是这样跟她说的：“现在，把你的屁股粘在椅子上。” A女士喜欢我用这种粗鲁的方式同她说话。她双手合十，放在围裙上，享受着晚宴的尾声。

A女士从来不给任何人送礼物，却总是能够收获不止一件礼物。有我们送的，也有诺拉母亲送的。事实上，诺拉母亲的礼物颇为可怜，而且，我怀疑她不止一次送了旧货。她们始终无法忍受对方。毕竟，诺拉对芭贝特的绝对偏爱时常一览无余，表现得缺乏谨慎。

在圣诞晚宴上，总会有一个时刻，要将我岳母和A女士做的烤肉进行无情的较量。两个烤盘放在桌子中央，紧挨在一起。两个决斗者长时间地对视，如同一部以女性为主角的西部片。我们所有人的胃里都已经沉甸甸的，还是要顺从地轮流在每块肉上面吃一口；接着，我们重新开始夸奖，比之前还要夸张和吵闹。尽管我们努力制造一种绝对的平衡，A女士最终总是要多赢几个点。

“逃跑。咱们就这样做。”诺拉建议道。我们趁打折，购买了十二月二十四日去贝鲁特的机票。对于她母亲的抗议，我们反驳说，这时机票更加便宜，要便宜很多。我们知道，经济原因能够说服她（离婚的折磨专横地将金钱提升到了她心中价值等级的顶端）。对于埃马努埃尔，我们保证他同样会收到所有的礼物，而且还会提前，他好像因此平静了下来。

某些习惯的确立过程真是奇怪。A女士的癌症，以及她的提前离开，使得诺拉和我之间达成了一道秘密的禁令。从那一年开始，我们永永远远不会和各自的父母一起庆祝圣诞节。一个又一个的十二月，我们总能省下足以把我们带到遥远的地方，并在那里住上几天的钱。远离恶劣的家庭气氛，还有那些惯例，因为我们已经开始怀疑它们的价值。

在飞机上，我读了悉达多·穆克吉的一本书：《众病之王》。穆克吉是个美籍印度人。他在那个血液学与肿瘤学彼此交织，如同沼泽地般艰险的领域内探索了很多年，然后创作了一部以癌症为题材的虚构故事。七百页的作品中加入了密密麻麻的参考数据，因此立刻获得了普利策奖。书中的每一段都清楚地反映了A女士的病情，同时也在一点点夺走我对于她治愈的希望。穆克吉所描述的是一场全面的战争，一场获得了某些成功，而这些成功却被过分强调的战争。说到底，这是一项注定要失败的事业。

我停留在贾雷诺所强调的，癌症与忧郁之间的相似性上。二者同样是因为情绪过于阴郁所致。我一边读着，一边觉得有一股黏稠的液体，一股沥青沿着我的淋巴涌动，随即将它堵塞。亲爱的A女士，按照古老医学的说法，除了亲情以外，另外还有某种东西将我们联系在一起：我们属于同一种颜色，我们是黑色的勇士。

我想打电话给自己的治疗师，以便阻止正在迅速将我擒获的忧虑。然而，从这里却没有办法做到。使用机舱里的那些付费电话？它们真的有用吗？现在是平安夜，因此，他无论如何不会接我电话的。于是，我又向空姐要了一瓶迷你包装的法国葡萄酒。她轻蔑地为我提供了服务，同时让我等待了很久。她应该是个穆斯林，或者只不过是觉得，一位父亲坐在飞机上，旁边就是自己的儿子，却喝得醉醺醺的，实在不合体统。

我觉得，空姐对于阴郁的情绪一无所知。再说，诺拉对此同样知之甚少。她正温柔地靠在我的肩膀上睡觉。我注视着她，不知道是应该感动，还是嫉妒。她体内的淋巴液明亮、清澈，充沛地流淌着，无视周围的一切。我确信，她具有无穷的活力。无论是最致命的痛苦，抑或是最为沉重的哀悼，都不可能阻挡她。说到底，我们从来不会因为发生在我们身上的事情而感到幸福或者不幸；我们是幸福还是不幸，要看身体内流动的情绪如何。她的情绪是一种熔化的银，是所有金属中最洁白的，是最佳的导体，对于物体的反射也是最无情的。我明白她非常强大，所以感到安慰。然而，这种安慰中也不乏恐惧，因为我害怕自己对于她来说并非不可或缺，是我依赖于她。在其他数不胜数的事情上面，我都依赖于她，如同一个吮吸他人生命的水蛭，一种硕大的寄生虫。

一天晚上，我们碰巧谈到A女士，以及她为了服务他人，被迫放弃了无数东西的人生。恰恰是在A女士走到人生半途的时候，当她的身体展现出最大活力的时候，她与丈夫度过了五年完美的幸福时光，直到肾疾夺去他的生命。除了她心中的记忆之外，五年的生活没有留下任何有形的痕迹。五年的婚姻，和一次订婚。在后一段经历中，她与之前的自己，以及所有令她不满足的东西，拉开了距离。如此多的记忆，令她能够抵抗雷纳托在她眼前消失那一幕的悲剧。日复一日，永无尽头。几百次透析，改变了他的血液、性格，以及对她的爱。五年的共同生活，足以支撑她走过余下四十年的时光。

“你会怎么做呢？”诺拉曾经问我，“你能够承受这些吗？假如我生病了，你会有力量一直陪伴我到最后吗？”

“假如我没记错的话，我们两个都发过誓要这样做。”

“那要是我的病持续的时间和雷纳托的一样长呢？你会耗费自己最美好的人生，陪伴我度过所有那些年吗？”

“是，我会的。”

我知道，最好不要反问她，因为淋巴液流淌迅速的那些人，他们就如同激流一样，无法阻挡。然而，恋人之间的某些对话，一旦超越了一个界限，就会将你拉入黑暗的中心。

“那么你呢？”

诺拉用右手去捋别在耳后的那绺卷曲的头发。除非她把那绺头发梳起来，否则，它总是藏在那里，而我却总会用手指去寻找它。她开始揉搓那绺头发。“我不知道。我认为我会。”在回答之前，她犹豫了。那天晚上余下的时间里，我们彼此离得远远的。

距离平安夜还有短短的几个小时，飞机朝着位于温带的中东飞行。我和家人坐在一起，而窗外也没有任何真正会威胁我们生命的东西。于是，我感觉自己是位于我们人生的顶点，位于那个转瞬即逝，然而又是光辉灿烂的巅峰。我心里在想：它到底能够持续多久？如何才能彻底品味它的甘甜？我肯定不会再要一瓶葡萄酒将自己灌醉，甚至一点那么做的愿望都没有。另外，我和诺拉已经是如此忙碌，涣散，而又疲惫。我们已经超越了时间。生活处于不断的等待当中，等待某种能够使我们摆脱目前责任的东西，并不去计算即将在我们面前展开的，新的责任。假如这些果真是我们最美好的年代，那么，我们如今的活法并不能令我满足。我想要叫醒她，把这些都告诉她。但是，我知道她不会把我说的话当回事。她会转身靠在座椅上，身体更加蜷缩，头靠在漆黑的舷窗上，继续打盹儿。

7 的乘法表

A 女士碗橱里贴的那些文章中，有一些引起了我特别的兴趣：一个名叫特里·菲尔的美国人，在长崎受到核辐射三十年后去世，因为原子弹爆炸后不久，他就在那里登陆；七十年代，英国每年有五万人因为肺病和心血管疾病去世，怀疑——按照报纸上的说法——尼古丁的摄入和这些死亡有关；在长达五年多的时间里，有一种有害的药物在我国销售。电离辐射、肺癌、药物，它们就好像死亡的阴影，使雷纳托觉得一切都变得暗淡，如今又开始入侵 A 女士的身体，而他在当时就已经意识到了。面对以如此严谨的态度收集的报纸，我不免心生疑惑：雷纳托已经预感到妻子的未来，而他对此的恐惧超过了对自己未来的担忧。在那些表面看上去彼此毫无关联的报道中，他在寻找一条出路和一个可能的治疗方案，一条能够拯救她的道路。

然而，三十五年之后，A女士却伸出她的左臂，任凭一根针把一种由氟的不稳定同位素做成的制剂注入她的体内。这种液体黏稠而又令人担忧。她的血管向来纤细而又苍白，使得抽血和注射变成一种折磨。不过，她如今充满了乐观主义。护士那些笨拙的尝试她并不放在心上。假如A女士关注一下最近两个星期自己的感觉（她重新变得精力充沛，雷厉风行；她皮肤光滑，而那一点点失而复得的胃口，就使她的体重迅速恢复了两公斤），就不能不确信，自己已经治愈，或者至少是走上了迅速改善的道路。PET肿瘤检查一定会向她确认这一点。她一点也不会想到，这种恢复完全归功于几个月以来超大量服用的可的松。即使在检查结束的时候，当她的目光与技术人员尴尬的目光相遇，她也不曾产生过怀疑。技术人员坐在铅制的围墙保护下的柜子里面，看到她消瘦的身体在监视器上缓缓出现。那是一个女人的幽灵，在肺部以外的很多地方燃烧起来：L1 椎体，回肠，还有右股骨。癌细胞已经放射出一组一组的正电子。它们消灭了作为同胞的负电子，转换成电。这是一种毋庸置疑的信号：癌症已经侵入血液，正在完全控制她的身体。

不过，A 女士对此尚未知晓。她感觉到片刻的轻松。这种轻松的另外一个原因与身体上的舒适无关，而且令她有些害羞。一个星期之前，画家去世了。他是在睡梦中走的，十分安详。晚上，他津津有味地吃了饭，喝了酒。第二天早上，他再也没有醒过来。画家的去世，除了残酷地将能够与她分享过去的人的名单缩短以外，还意味着天堂鸟并非为她而来。他们两个都弄错了。这是个好消息，没有必要假装往相反的方面去想。无论如何，画家没有什么可以抱怨的。“作为一个侏儒，他的成就完全超出了预料。”A 女士概括地评价说，“就凭所有的荣誉和那些姑娘，他真的享受到了！”

我认为，在做 PET 检查的那段时间，也就是在得知那个灾难性结果之前，诺拉和 A 女士一样，怀着无限的乐观主义。从某种意义上讲，她甚至是在鼓励 A 女士。尽管在我问起的时候她予以否认，坚持说这不是乐观主义；而且，无论如何，针灸的主意不是她出的，而是来自她母亲。

“针灸？你们真的带她去针灸了吗？这是什么时候的事？”

“在报告出来之前。”

“她的癌症已经到了晚期，而你们……我无法相信。”

诺拉姗姗来迟的坦白，发生在一个晚上。当时，我们请了一对不太相熟的朋友（他们有个女儿与埃马努埃尔同龄，生活条件与我们接近，而且两家之间的距离也还可以接受）共进晚餐。我们的某些疏忽，会在有他人在场的时候显现出来，就好像我们希望能够有证人或同谋在场；更可能是我们出于胆怯，试图借助外人的在场，限制对方的反应。此类的情况，发生得比我们希望的更加频繁。

诺拉开始为自己辩护："假如像你说的那样，这种方法不起作用，那么，做与不做也就没有什么区别。"

尽管这种推理无懈可击，我还是觉得其中有什么东西不对头。陷入迷信的圈套，以及确信存在着一种简便的补救方法，这些做法像癌症一样，都是在拿A女士开玩笑。之前那十六个月的折磨并不足以使我确定，我们能够给予她的最大帮助，究竟是带领她靠近真理，还是在她心中点燃虚假的希望。不过，我敢肯定，自己更倾向于接受严酷的现实。

"你们会更倾向于哪种做法？"我问那两个客人，"我是说在如此的诊断结果基础上。难道你们不会希望拥有一种特权，那就是不被当做傻子吗？"

二人都避开了这个话题。他们觉察到，我比表面看上去更关心此事；又或者，他们觉得一个亲近的人患上了癌症，这个话题在吃甜点的时候说不合适。

“我觉得清醒比任何其他东西都重要，”我说，“偏偏要在她生命的最后时刻背叛她，这一点我做不到。”

“真令人伤心！”诺拉评论道。她的意思是，我不只是在令朋友们陷入尴尬，而且刚刚也冒犯了她。

“为什么你觉得伤心？”

她开始收拾空碗，那动作非常突然。“得了。反正你也不能明白。”

只剩下我们两个的时候，我试图逗她笑，以便请求她原谅。我提醒她，一年前，她曾经那么坚持要找一个研究素食的小儿科医生给埃马努埃尔看病。“你记得吗？医生希望我们用孜然和小米戒掉他的坏毛病。就好像他是一只鸡。”还有一次，她让我去找城里一位著名的催眠师，以便治疗失眠（两个建议都来自她母亲）。通过催眠，我并没有进入意识恍惚的状态，而是在整个治疗期间都前所未有的清醒。“您看见什么了？”医生用他那男中音似的腔调问我。

“对不起，我什么也没有看见。”

我觉察到他变得越来越激动，于是也开始不安起来，因为我觉得自己好像对他缺乏尊重。在某个时候，放松令我感到头昏。他立刻抓住那个症状，将头昏解释为耳蜗障碍的后遗症。他说："我打赌，您得过腮腺炎。"

"确实。不过是在我五岁的时候。"

"啊，这就对了。您受到了惊吓，对吗？"

"我不知道。"

"您肯定吓到了！我想，对于那个毫无抵御能力的孩子来说，第一次感到头晕的时候，他并不知道自己身上发生了什么，所以感到害怕，非常害怕。您看到他了？"

"没有……"

"抱住他。"

"抱住？谁？"

"抱住那个孩子。轻轻地晃动他，抚摸他。您正在照顾当时的自己。对他小声说不要怕……"

一，二，三！然后，他把我叫醒，感到心满意足。

“所有那些被我认为是可怕创伤的症状，可能都是腮腺炎的后遗症。”我对妻子说。她终于笑了。“你和你那个爱幻想的母亲，知道你们让我明白了什么吗？到这儿来，再近点，帮我摇一摇我身体里那个痛苦的孩子。”

问题在于，她们真的去找了针灸师，诺拉，她母亲，还有 A 女士。她们一起去找了那个盲人大夫。他让我岳母戒了烟，接着，又帮她戒掉在深夜狼吞虎咽地吃冰激凌的习惯；而且，还为她治好了腰疼，离婚之后变得更加剧烈的偏头疼，一度出现的痔疮，以及某些常见的，涉及自我评价的问题。

“一个针灸师怎么能是盲人？”有一天，我大着胆子问她。

“他是因为得了糖尿病才失明的。有的时候，他会忘记拔掉一根针。你一旦淋浴就会发现。”

至少在那种情况下，在A女士脱衣服的时候，对面的人不会觉察不到她那令人伤心的消瘦。大夫用湿润的指肚，极轻地在她的皮肤上试探着，以便找到针灸的穴位。A女士颤抖着（因为她也感觉到冷）。大夫注意到了，于是把手在她的耳朵上捂了一会儿，颤抖立刻止住。已经有多长时间没有一个男人温柔地抚摸她了？医生们总是用手套把手保护起来。他们都很年轻，而且冷冰冰的。然而，这位眼前蒙着一层纱的针灸师……他的触摸非常轻柔，而且声音悦耳，低沉而又富于说服力。

医生向A女士解释，漩涡形的耳廓，其实是模拟了一个头朝下的胎儿的形状，一个等待降生的胎儿；他还告诉她，适当刺激那个小人儿的神经中心，就可以对人从整体上进行治疗。A女士专注地听着。她一边如饥似渴地倾听医生的话，一边想象那个硕大的肿瘤在她的耳朵里化作一个小小的复制品；想象着针从它的中间穿过。与此同时，出于魔力，就连她胸腔里的那个东西也消散了。

“会疼吗？”她问。

“一点也不会。针非常细。”

“真可惜。”

她希望身体里的那个野兽痛苦而死，而且至少能够在片刻间感受她所经历的苦痛。病情发展到如此的阶段，她对于癌症表现出的矛盾心情非常奇怪：从她谈到肿瘤时的态度来看，有的时候，那个东西就好像是她自己身体内累累伤痕的一部分；而在另一些时候，它又像是一个安装在她体内的不相干的生命。只需将它根除，仅此而已。

“现在，请闭上眼睛，”盲人医生说，“想一件高兴的事。”

一件高兴的事。A女士一动不动地躺在同一间诊所的同一张床上。那些针扎在她身上，就像豪猪身上长出的刺。针既不弯曲，也不移动，或者向更深处扎进去。就这样，在过去了很多年之后，A女士第一次回忆起了十月末的那一天。雷纳托在那天娶了她。枫树的叶子火红如血，如同山谷侧面裂开了伤口。她身上穿着一个裁缝为她缝制的衣服，与卡拉布里亚的保拉·鲁佛那件一模一样。不过，为了使这件衣服更具个性，她还在九月二十日大街的一个时装设计师那里，订购了一个花苞组成的小王冠。这些东西应该都还在衣柜里，包括礼服和王冠的架子，以及结婚的嫁妆。婚礼过后，她立刻就把礼服放了起来，再也没有敢拿出来过。想到那些床单和台布，想到她由于过分爱惜而从来没有用过的那些东西，一种忧郁便刺痛了她。

接着，谁知道这中间有何种关联，或许是因为埃马努埃尔有打开家里的所有门，窥探里面放着什么东西的坏毛病，A 女士的思绪飘到了他身上。那个早上，埃马努埃尔决定放开抓着椅子腿儿的手，脚步踉跄地向她挪了三步，最后抓住她的袜子。是 A 女士目睹了家里的那一幕奇迹。从某种意义上讲，我和诺拉感到气愤，因为她夸耀了很久。埃马努埃尔听她重复了很多遍，于是把那种叙述当成记忆。“对，我能肯定。我放开椅子，向她走去，抓住了她的袜子。”自从芭贝特不在了以后，我们就不再反对他的说法。

谈到我们的儿子，A女士经常会说一句话：“试试把他和十个同龄的孩子放在一起比比看。和他相比，其他人都像是松鼠。”她的话有一部分是正确的。自从出生之日起，埃马努埃尔的身体就匀称而和谐，他的轮廓也无可挑剔。自埃马努埃尔被带到产科里，被其他塑料摇篮围在中间的时候开始，他与其他同龄人的区别就显而易见。在医院的房间里，诺拉和A女士彼此祝贺，因为他的脑袋又小又圆，形状完美。这是剖腹产给他带来的好处。另外，他的皮肤从一开始就又白又均匀，没有使其他新生儿看上去有点像魔鬼的那种红色。

几个星期之后，就连我这个自认对惊奇具有免疫力的人，也陷入了他那个美丽的陷阱。只要可能，我都会让他粘在我身上，一直到四五岁为止。有的时候，在我身上会发生一件令人羞愧的事：抱着儿子赤裸而柔软的身体，我会表现出无法控制的性兴奋。那是与任何想法都没有关联的身体上的反应，但同样会令我不知所措。不止一次，我因此而远离他。当诺拉注意到这一点，她先是抚摸了我，然后是他，接着说："这没什么，我所有的器官都会有这种感觉。"

后来，埃马努埃尔长大了，比预想的要快。我们希望不惜任何代价加快他成长的速度，却没有意识到，这样做仅仅会对我们不利。他从来都不太敏捷，不太有责任感，思考事情也从来都不够有条理。只有在跟A女士一起的时候，他才敢于恢复小孩儿的模样；而且，他仍然觉得自己是个孩子。A女士会把埃马努埃尔抱在怀里，长时间地摇晃他，而我们已经有很久不那么做了；她允许孩子任性，把他想说的话一遍遍重复；她会在一些事情上照料他，而在我们看来，他应该赶紧独立（可是，我和诺拉在她面前的表现，难道不是一样的吗？难道我们不是沉浸在她的照顾当中吗？）或许她的存在蒙蔽了我，使我不能看到埃马努埃尔真正的样子：他并非天才，而是一个智力中等，甚至稍稍偏下的孩子；而且，他还爱发脾气。对于他来说，理解，特别是对于抽象事物的理解，会伴随着困难、害怕，以及令人疲惫的重复。发现这一点，无论对我们，还是对于他，都是一件痛苦的事。为此，我可能仍旧对A女士怀恨在心，因为她长时间都在充当他的靠山。

我记得一件事。埃马努埃尔当时正在上幼儿园中班。到那个时候为止，他从未表现出绘画方面的才能。他的那些乱涂乱画已经包含了某些应该引起警觉的东西，但我们并没有太在意（能够在边缘线内部填充颜色，这在生活中又有什么重要的呢？），至少是在那天下午去学校接他之前。在学校的大厅里放着一些小柜子，家长和爷爷奶奶们会跪在那里的地上，为各自的孩子系鞋带。在那里，我看到孩子们的自画像。那些胶画被一个挨一个地摆放在那里，拼成一个画框的形状。埃马努埃尔的那幅画被摆在一个很难忽略的位置，而且与其他画不同：一个凌乱的玫瑰花丛，以及两条歪歪扭扭的黑线，它们代表着两只眼睛。他意识到了这种差别，而且感觉有必要把事情说清楚。“我的画是最丑的。”他说，就好像有必要把它明说出来。

后来，我把发生的事情告诉了诺拉和A女士。我这样做纯粹是为了发泄不满：假如与其他人相比，我们的孩子在绘画方面比较落后，假如这是一个毋庸置疑的标志，表明他未来会在数不清的事情上落后于他人。比如说，在他这个年龄，我比他画得好很多。那么，我们只能接受它。作为家长，就意味着总要面对受到羞辱的危险。这一点显而易见。

诺拉和A女士双臂抱在胸前，听我说着。而后，她们二话不说，没有留给我时间弄明白她们想做什么并阻止她们，就已经走出家门，步行到埃马努埃尔的学校去。在那里，她们就像一对母女似的，命令学校立刻把那些胶画撤掉。随后，她们如同胜利者一样回到家，但愤怒尚未平息。在我看来，她们就如同两只棕熊，与威胁她们幼崽的狼群进行了一场血腥的厮杀，然后回到了山洞。

然而，在此之后，与同龄人的比拼变得越来越紧迫，她们的复仇也变得于事无补。刚刚开始上中班的时候，埃马努埃尔总是把“b”与“d”，左与右，前与后弄混。这令我觉得无法容忍。

“你觉得无法容忍，因为你对于聪明的定义存在着局限，”诺拉反驳说，“他非常具有想象力。不过，反正这对于你和你的家庭并不重要，对吗？对于你们来说，重要的就只是在学校所向披靡。”

“现在我的家庭与这个又有什么关系？”

“两个考古学家和一个物理学家，学校里最优异的成绩，在杂志上发表论文。还是说实话吧，儿子不是个数学天才，这让你觉得跌份儿。”

噢，她说得有道理。毫无疑问，事实正是如此。不过，我那次的回答却是有意要激怒她：“只可惜数学的天赋是靠遗传的。”

她摇了摇头：“我觉得，是他运气不好，没有得到好的遗传。”

现在，我和埃马努埃尔又要在一起，面对又一个星期六的早上。对于我们两个来说，这是一个星期里最令人憎恶的时刻。我们坐在客厅里的桌子前。那张桌子用粗糙的山毛榉木制成，是诺拉从她在比利时的一个设计师那里订购的。因此，这让我们感到恐惧。假如我们不小心在上面留下圆珠笔的痕迹，那该怎么办？我慢慢地翻阅着算术本，光滑的塑料封面散发出的味道，与我儿童时代的味道一般无二。本子里面就如同一个战场，到处都是红色的标记，还有将整页纸划掉的对角线，以及评语和感叹号。

“这是什么？”

“老师把我本子里的那一页撕掉了。”

“为什么？”

“因为我全做错了。”

我们和乘法搏斗了半个小时，脸色也越来越难看。

“7乘1？”

“7。”

“7乘6？”

埃马努埃尔缓慢地数着手指：“44。”

“不对，42。7乘0？”

“7。”

真是讽刺。不，是残忍。我从理论物理学专业毕业，专攻量子场论研究，而且全面掌握符号计算最为先进的形式，却不足以向儿子的脑袋里传递一个信息，以便他能够明白，任何数字乘以0，结果都是0。我仿佛看到，在他的颅骨里面，大脑在一团迷雾中飘忽不定，各种信息四处飘荡，无法组成一个意义。

我失去了耐心："等于 0！0！假如你不能明白，那就养成习惯！"

我把拇指和食指组成一个空心的圆环，伸到距离他鼻子两厘米的地方。很明显，我想用那个 0 来定义他。

"可是，乘法表里没有这个。"他为自己辩护道。

"乘法表跟这个没有关系！这是因为你长着个榆木脑袋！"

到了这般田地，诺拉插手了。她要我离开那里，由她继续。我待在厨房里，试图重新控制自己的情绪。我听见诺拉正在替儿子做乘法题。

冬季

共同生活多年之后，无论你转身望向任何地方，都可能会发现象征着那个人存在的一些痕迹，他曾经在这个空间里与我们共同生活那么久。这种事情就会发生在我身上。我可能会在家里的各个角落搜寻诺拉，而又并非在寻找她；仿佛她的灵魂是随意飘落在物体上面的灰尘。这种情形也发生在A女士身上。在生命中的最后一年，她会随处见到雷纳托的影子，就像一张淡淡的全息照片。每当她驻足窗前，注视着从大厦通往街道的那段短短的台阶，就会想起那一天，她违反丈夫的禁令，从门口的小碟子里偷走钥匙，然后把汽车从车库里开了出去。他不愿意让她开车。但是，他生病了，每个星期要把他送去医院三次，以便接受治疗。除了她，谁还能这样做呢？

"我在一个有棱角的东西上面，把车的右侧刮花了，"她对我说，"然后，我回到了家，对他说：'来吧，准备一下！'"

A女士经常会提到那次胆怯却又英勇的举动，把它当作一个重要的过渡。因为，它标志着雷纳托日渐衰弱，同时预示着她自由的曙光。在此之前，他们的共同生活有条不紊，比我和诺拉的更有秩序。我们总是在交换丈夫和妻子的角色，甚至分不清哪件事应该由这个人做，哪件事应该轮到另一个人。雷纳托开车，A女士不开；A女士会为墙壁上的隔板掸去灰尘，而雷纳托不会。每件任务从一开始就交付给了唯一的一个人。角色未经事先确定的婚姻，与她的性格不符。或许正是出于这个原因，她的存在才能传递给我们一种安全感。因为通过她，我们感受到一种稍许有些胆怯的怀念，对于一种衰落的、简单化的家庭模式的怀念。按照那种模式，每个人不需要同时扮演所有角色：男人与女人，逻辑与情感，严厉与顺从，缺乏情趣与浪漫。我们时代的生活模式却与此不同：它把责任强加给我们，如此全面而又不加区分，使我们无论如何都显得有所欠缺。

A女士所表现出的，更多是对于我们持家方面的混乱的一种宽容，把这当作现代社会的一种缺陷。不过，从直觉上来说，她是反对这种做法的。她不能容忍看到我忙碌地洗衣服，也不能理解诺拉手握电钻，在墙上钻个洞（在这件事情上，她比我更加灵巧）。在那种情况下，她会想办法把我们两个人都赶走，代替我们继续那项工作。她是无所不能的，因为自从守寡以来，她变得雌雄同体。从某种意义上讲，她的离世也是一个救赎的机会。假如过长时间将自己置于她的注视之下，那么，或许我们会重新陷入大胆的丈夫和顺从的妻子的陷阱，重新陷入五十年前概念中的那种婚姻。

A女士是一个因循守旧的女人。她的脑袋里充满了教条和宿命的男性主义论，却对此并不知晓。她与我说话的方式有些古怪，比对诺拉多了一些尊重。她是把我看作一家之主，而且好像不可能做出相反的选择。尽管她在情感上是完全倾向于诺拉的，她却只能赋予我的观点更多的信任，更加注意我的要求，也更看重我的性格。

有一年夏天，我说服诺拉带着她的母亲和埃马努埃尔提前去度假。在短暂的单身汉的日子里，A女士以从未有过的殷勤照顾我。她随心所欲地准备诺拉在时可能会禁止的食物，而且经常在晚饭的时候也留下来——她从来不曾这样做过——以便陪着我。早上，她会拿着当天采摘的蔬菜，早于平常时间到达。我起床的时候，她已经摆好早饭，而且背包旁边还放了一个盒子，里面装着我的午饭。之后，我会在大学里把它吃掉，而不是去吃咖啡馆里那种夹着肉或菜的面包。A女士说，那些东西只能让我的胃里沉甸甸的，仅此而已。她甚至买了一束橙色的非洲菊，放在桌子中央。A女士高兴充当忠实的妻子，而我也没有阻止她这样做。

那是一个闷热的七月。当时，我们还没有安装空调，所以我穿着内衣在屋子里转来转去，感觉她的视线跟随着我，而且，她喜欢注视着我。看上去可能显得荒唐：一个星期之后，单元房的几个房间里面，散发着一种淡淡的暧昧。

诺拉回来的时候，我已经习惯于那种奇特的亲密。第一次看见我穿着短裤出现在 A 女士面前时，诺拉要我跟她进卧室，并且在那里要求我穿上长裤。

“现在，你连芭贝特都妒忌了吗？”我跟她开玩笑地说，“你知道吗，我不认为她有什么特别的目的。”

“可她也是个女人，”诺拉严肃地说，“一定不要忘了。”

二〇一二年的二月，A 女士从雷纳托曾提心吊胆地看着她把车开上台阶的那扇窗户，眺望着虚无。一阵来自大西洋的低气压在半岛北部肆虐。大雪铺天盖地，比我们在过去十年所见到的还要多。即使是在正午，气温也不超过零摄氏度。道路两旁结了冰，出现了几条晶莹的走廊，人们在那上面摔断了手腕，脚踝，以及骶骨。鉴于急救中心拥挤不堪，民事保护部门要求所有人待在家里，而在服从这个命令的那小部分人中，就包括了A女士。

没有任何住户不辞辛苦地铲除院子里的积雪，而是宁愿把车停在路边。A女士曾是唯一铲除积雪的人，只要她还有力气，只要有一个正当的理由出门，而这个理由，就是我们。以往下雪的时候，我们试图劝说她留下来过夜，也在埃马努埃尔的房间里准备了一个折叠床。但是，A女士想要回自己的家，或许因为雷纳托的灵魂在等着她吃饭。就这样，她开着那辆小小的汽车，挑战滑溜溜的路面，一直开到鲁比亚纳。“即使下暴风雪的时候，她也会到我家来，”诺拉评论道，而且每次都会为类似的忠诚感到吃惊，“而我的母亲，有一点雾她就不开车了。小的时候，她从来不带我去看牙医，就是因为有雾。现在，我所有的牙都很糟糕。她真是个婊子。”

谁要是从窗户外面看到了A女士的侧影，心里就会想：这是男人还是女人？消瘦已经抹去了她的女性特征：在她光秃而且好像缩小了的脑袋上，戴着那顶薄荷绿色的睡帽。在进行第三阶段化疗的时候，所有的头发突然都掉光了。现在，她习惯穿着深色毛衣和长裤。肥大的衣服向下垂着，如同囚服一般。这就是她，一个囚犯。地上铺着一层薄薄的雪。这个始终令她着迷的景象，如今却像一道无法逾越的鸿沟。

坏天气一连十四天把她关在家里。朱丽叶塔的丈夫给她买了两次东西，但花样非常普通，与她可能会为自己购买的东西有很大差别。照顾我们的人几乎从来都没有精明到以我们喜欢的方式去做事情。不过，人要学会知足。他们能这样做就已经很不错了。当男人向A女士提出那几个显而易见的问题时，几个雪块从他的靴子上滑落，然后就在玄关的地板上溶化了，而不是更里面的地方。她也没有费力去把那里擦干。

对A女士的拜访仅限于此。她住在一个偏僻的地方，很难到达。癌症，她最糟糕的敌人，也是她唯一的陪伴。再说，除了决定着一天天，一个个星期，一个个月的节奏的临床日历，她对一切都不在乎了。如今，她会整个下午躺在床上，开着电视，对着面前屏幕上的那些如花少女打盹儿，而她们却当着这个一生忠实于一个男人的她，谈论自己的众多男友。A女士并不认为她们有什么不好，也不嫉妒她们。这些姑娘只不过属于一个新的种族，是外星人。她对她们的艳遇无动于衷。

事实上，PET检查以及第二次CT，证明治疗完全失败。肿瘤增大了三毫米，就好像那些有毒的药物四处扩散，却恰恰没有到达它们应该去的地方。牺牲的头发，失去的十三公斤体重，以及所有令人厌恶的呕吐，结果都是枉然。在宣布所有这一切时，从一开始就负责她这个病例的肿瘤科医生没有表现出任何同情，她也从来不会表现出同情。尽管这种性格的确令A女士痛苦过，她还是学会了欣赏。女医生具有一种德国式的，军事战略家般的冷漠。这种冷漠，与她黄铜色卷曲而浓密的头发十分相配。她无力去关心自己发布的每个消息造成的情感挫折。否则，那三十个在生死之间游走的病人会使她始终处于离心的状态。“不过，从相反的方面来看，情况是积极的，”她又说，“目前，没有出现其他转移。肿瘤好像……冻住了。”

她们见面的时候，诺拉也在场。她坚持要陪A女士去。或许是因为她隐隐地预感到，情况有可能不妙。她后来告诉我，女医生是如何利用天气现象来打比方，以便欺骗芭贝特。当A女士暂时离开那里去洗手间，以便使因哭泣而扭曲的面孔恢复平静时，诺拉问：“她还有多少时间？”

女医生叹了口气，对这个问题表现出某种痛苦。因为，在癌症的故事中，或早或晚，总会有一个人想知道日期，同时淡化治疗的意义。此时，那个人就是诺拉。

“六个月吧。说不定。”

这是医生凭借经验下的定论。然而，可以说医生过于严厉，并没有考虑到A女士非凡的性格，所以低估了她几乎百分之五十的能量。

被禁闭的第十五天，当A女士醒来的时候，手上的疼痛如针刺一般，让她叫唤了起来。她叫了救护车。大厦里的住户们从玻璃窗后面窥伺着救护车危险地在台阶上滑动。车顶灯闪烁着，地上厚厚的积雪反射着蓝色和橙色的光。最后出现的，是裹在一个急救毯里的A女士。她被从车的后门装了上去。

从那个早上开始，她再没有踏进自己那辆天蓝色的菲亚特600。她的自由结束了。一旦屈服，就会发现自己失去了必要的勇气。如今，单单是想到驾驶一辆车，哪怕是三轮车，要同时控制方向盘、脚踏板、变速器，眼睛还要盯着后视镜，同时注意着成千上万的车辆从身边驶过，或者迎面朝她冲过来。想到这些就会让她害怕，就好像在那个时刻之前，这些始终浑然一体的动作如今都被分解。冬季余下的时间里，汽车都停在那儿，电池里的能量也一分钟一分钟地逐渐耗尽。直到一个表姐妹——我不知道是哪一个——来把它开走，以便留给她的一个侄子，或者卖掉。

A女士填写了表格，申请有人接她去医院看病，然后再把她送回家。她立刻收到了答复，而且请求也得到了批准。答复上出现了“永久瘫痪”和“严重”的字样。她就这两个词抱怨了很久，跟我也说过。事情本身未能触及的地方，却被话语击中了，而且更加严酷。

应该是在那个时期前后，我对自己的治疗师说起了A女士。他一边听我说，一边不耐烦地抖着右腿，烟也抽得更凶了。在治疗中间，他说：“所有关于癌症的故事都是一样的。”在那种场合，他这句话显得毫无来由，而且缺乏恭敬。

我们在讨论：假如认为一个人的死亡方式在一定程度上反映了他的生活状态，这种说法是否有道理。发生在A女士身上的事是她应得的吗？或者至少她为如此的事情发生在自己身上出了把力？因为在这一点上，好像尤其是对于这件事，她心里无法平静：在她看来，这种惩罚是那么不公平。

我爷爷是一个心胸狭隘的人。他不喜欢任何人，而且早在痴呆以前，就不喜欢任何人。他非常易怒，导致我对老年人和衰老普遍存在着深深的恶意。我爷爷从靠在樱桃树上的梯子上跌下，又在无人知晓的情况下，在不停打在身上的雨中，度过了弥留的一夜。对于他来说，这种结局是恰如其分的。我心中的那种无法明确表达的抗拒，几乎一直持续到A女士以她顽固的顺从将这种恶意颠覆为止。然而，A女士又有什么罪要去赎呢？假如说，寻找死亡的形式与生命中的过错之间的关联是一件有意义的事情，那么，等待我的结局又将是怎样的呢?

通常情况下，我的治疗师热衷于寻找思想层面之间的联系。此时，他却冷冰冰地打断我。“在一个死亡和另一个死亡之间，并不存在太大的差别，”他说，“几乎所有人都会窒息而死。”接着，他在自己的小单人沙发上坐直身体，仿佛重新恢复了活力。对于他肥胖的身体来说，那个沙发显得有些窄小。“现在，咱们别再说那个保姆了。说说你妻子吧。”

“诺拉？为什么？”

稻草人

我的妻子具有讲电话的本事。每个星期，她都有条不紊而又无畏地，对朋友与熟人进行问候，从而给予每个人应得的时间与关注。假如不是这样，那么，从春天开始，我们就无法了解很多关于A女士的事情。事实上，假如不是多亏了诺拉以及她频繁的电话，在最近的几年里，我们或许就不会彼此相爱。

除非是面对面的交谈，否则，缺乏耐心的我无法坚持多于几分钟的时间。我这人很难交往，也不太愿意聊天；而且，我面前总得摆些需要注意的东西。一般情况下，是一张记着笔记的纸。关于这一点，朋友们是了解的；而且，他们的生活也差不多都是以同样的方式安排的。所以，我们之间的交流倾向于借助简洁的短信，或者是仅仅几行字、且成本为零的邮件。

二十岁的时候，我落下了一个值得争议的名声，那就是对一个同班的女生做了缺乏教养的事。她爱上了我，而且我也喜欢她。每天下午，她都打电话给我。她这样做并没有什么特别的原因，只是因为，就像她说的，想聊一会儿。有一天，我鼓起勇气对她说，不要再找我了，因为我和她不一样，我或许有重要的事情要做。在学校里见面，或者专门约个时间，难道不是更好？难道她不能帮我个忙，把所有有趣的东西留到第二天早上休息的时候再告诉我？

诺拉成功地改变了这一切。我花在和她讲电话上的时间，很快使我产生了疑问：在我，在她，在我们身上，正在发生某种前所未有的事情。这让我感到惊恐，又不免慌张。无论我在哪里，和什么人在一起，都能够毫不客气地把人或事丢在一边，腾出时间和她说话。每次结束通话之后，我都会看一下显示屏上的计时器，并为自己并没有感到后悔而吃惊；相反，我想要立刻再次拨通那个号码。我的脑子里保存着一系列类似的记忆：我来回踱步，注视着自己的脚，倾听诺拉说话，包括她中间的停顿。与此同时，贴在电话微小的扬声器上面的耳朵却变得滚烫，手掌也开始微微地出汗。迄今为止，她仍旧在拿认识她之前的我开玩笑，而且，我觉得她会一直这样做下去。“想一想我是在哪里找到你的，”她说，“从你躲藏的那个洞穴里。你当时完全是僵硬和胆怯的，和你的那些夸克为伴。”我想，对于我来说，恋爱永远会类似于被赶出洞穴。

五月的时候，诺拉用她那尖细而又敏捷的声音（她的声调过高，我因此感到恼火，不得不要求她降低音量），以同我讲话时一样的、启发的方式，试图将固执而又衰弱的A女士拉回从前那些无益的谈话当中。两个疗程当中的间歇如期而至，就如同疾病业已确定的那些阶段一样。疾病的所有症状，包括化疗的毒性，都神秘地消失了。A女士重又燃起了对世界的兴趣，这个位于她身体以外的世界依旧存在。所以，一切又重新开始：星座，还有那些格言，其中包含着浓缩的智慧；还有关于如何更好地烹饪小南瓜的长篇大论，因为这些菜蔬刚好开始大量地充斥市场的货摊（是的，胃口也重新醒来。这是她最大的快乐！）。总之，这就是那个我们认识和热爱的女人；那个所有人都仰仗于她，而她却无法依赖任何人的芭贝特。

我在听诺拉讲话，而她则听着电话另一端的A女士，不时还会打个盹。那是星期六的早晨，已经过了十点，我们还赖在床上，而埃马努埃尔已经在他的房间里忙活，制造出不必要的噪音，以便吸引我们的注意。休息使我们的精神状态安宁而又宽容，适合对人施以援手。A女士对诺拉说，癌症病情已经减弱，头发重新开始生长，而且比预计的迅速。头发变得比以前稀少，不过惊人的漆黑，有一些甚至是栗色的。此时我在想：她是不是知道，这种失而复得的乐园，是一种经典的过渡，一种暂时的缓解，短暂而又残忍。因此，它仅仅意味着已经到达最终的深渊。

只是在谈话即将结束的时候，当诺拉在好奇心的驱使下，问她是否又有了力气，重新开始照顾菜园，A女士才似乎觉察到了什么。

“不，菜园不行，”她突然缩了回去，“对于那种事情来说，我还太虚弱了。”

过了片刻，她们就彼此道别。由于泄气，她们嘴里留下了苦涩的回味。

尽管如此，古老的善意使A女士能够享受最后这段时间的幸福，就好像它没有尽头。幸运的是，埃马努埃尔的演出，刚好是在她病情稍显好转的这两个月里。在《奥兹的魔法师》中，他被选中扮演稍显粗鲁的稻草人。这是一个重要的角色，诺拉比埃马努埃尔更感到骄傲，而他更愿意扮演长着国王般红色鬃毛的狮子。

我们把制作服装的任务交给A女士。她的灵巧仍旧令人钦佩，手腕也还没有开始发抖。当她用唾液把线浸湿，然后穿进针眼的时候，也毫无犹豫或者颤抖。一个下午的劳动成果斐然：她在一条撕破的裤子上面缝满了补丁，把我的一件衬衣改成了短上衣，并为一切做了装饰，包括一双小靴子。不过，这双靴子，我们不得不另外购买。她在靴子上面添加了一些黄色羊毛的碎片，模仿稻草的线。埃马努埃尔装扮上，叉着腰，围着她蹦跳，如同小精灵一般。几分钟之后，他就重又跌入她的怀中。那将是我们的儿子最后一次为他心爱的保姆做私人演出，而她则沉醉于他那孩童的美丽。我想要用任何能够照相的工具去接近他们，然而，我也清楚，这种平衡是非常脆弱的，所以不想打扰它。

实际上，与这个家庭序曲相比，演出的气氛却没有如此融洽。诺拉家人出其不意的加入，把学校长长的前厅挤得水泄不通。姥姥和姥爷们，打扮得如同是参加音乐会：她的母亲身穿一件耀眼的晚礼服，前任和现任丈夫穿着斜纹外套，二人惊人地相似。现在，大家待在学校空荡荡的前厅里，置身于身穿牛仔裤和短袖衬衫的家长中间，好像都不太满意。他们期待着诺拉和我能够做些什么，比如让他们坐在能够配得上那身衣着的沙发里，给他们奉上饮料，或者至少想出一些办法，帮他们打发时间。

另外，演出所在的体操馆也显得过于狭小，无法容纳为数众多而且乱哄哄的家长们。安东尼奥想要在所有人面前展示他包括三脚架和反光板在内的一套完整的照相设备。他言辞激烈地与一位先生争吵，因为他觉得那位先生进入了他的取景框；而且，他最后还粗鲁地问那个人，自己应该拿反光板怎么办。A女士个子矮小，她的视线完全被后背和大衣组成的厚厚的人墙挡住。她同样用失望的目光望着我们，而我们自己也只是勉强看到舞台，因为这个舞台根本没有高出地面。所以，我们也不知如何帮助她。污浊的热空气令她头晕目眩。一个女人扶住了她，用一张纸帮她扇风。在演出结束之前，甚至没等她的干孙子上场，A女士就推开人群，走了出去。

出来的时候，埃马努埃尔立刻问起了她："芭贝特在哪儿？”

“她觉得不舒服。不过，她看完了整个演出，而且，她说你演得好极了。”

他耷拉着肩膀，脸上呈现出非常沮丧的表情。我心想：他是不是还在表演自己的角色呢，还是心上面果真有一小块碎掉了？

无需提起太多姥姥和姥爷们对他过分的夸奖。在体操馆带条纹的亚麻油毡上，埃马努埃尔主要是在为A女士和我们表演。然而，他的幸福感还不到希望的三分之二，因为A女士的缺席，比我们的在场要有分量得多。

我们匆匆地向其他人告别，然后一直走回家，就我们三个：两个家长，和一个伤心的小稻草人。到家门口之前，他始终握着我们的手，好像是在说，他明白了，他明白人们会远离他，人们会走开，仅此而已。但是，我们不可以，他不允许我们离开，至少是当我们仍然能够团结在一起的时候。

连通器

每一个小孩，同时也是一架地震仪。埃马努埃尔先于我们理解了这一点。他感觉到了正在酝酿之中的震荡。恰恰是出于这个原因，演出的那天晚上，他才会握紧我们的手。在A女士抛弃我们之后，地下就发生了彻底的瓦解，板块与潜水含水层无声地崩塌。当时间进入夏天，我们就会发现，这次碰撞的中心，就在诺拉的肚子里。

一天早上，诺拉已经穿戴停当，准备出门。然后，她对我宣布，她的例假推迟了两个星期。这可不像是一个可以如此宣布的消息，就这样站在那里，匆匆忙忙地，手里还握着汽车的钥匙，声音也如此平淡。

“你做过检查了吗？”我问她，目的主要是为了争取时间，以便我的反应能够变得好一些，而非仅仅是不安。

“没有。我希望咱们先决定怎么做。”

“怎么做？”

诺拉在桌边坐下来，而我之前还在小口喝着咖啡，此时也停了下来。她并没有转过身来看我，也没有为随即说出的话而激动，好像那只是背诵下来的一个文章片段。“咱们最好现在讨论。我自己觉得没有准备好。我没有足够的力气。现在，我勉强能够忙完工作，还要照顾埃马努埃尔。没有任何人帮助咱们，你又总是在大学里。我觉得钱也会不够花。另外，说实话……”说到这里，她才犹豫了一下。最后一句话好像出其不意，完全是脱口而出。

“说实话？”

“我们之间关系也不是特别好。”

我把餐巾纸以及剩余的早餐推开。我没有时间去想，对于这个消息，我的感觉如何。不过，问题并不在于此，而是由于这份轻率，我完全没有可能对任何决定施加影响。诺拉如此冲动地肯定，我们的生活是彼此隔离的。我试图表现得平静：“诺拉，人们会选择一下，是不是要生第一个孩子，但对于第二个却不会这样做。我们还年轻，我们身体很好，这样做是因为什么呢？”

她思考了一下，说：“因为我们恐惧。非常恐惧。我恐惧。”

“我觉得你已经做出了决定。我都不知道，你为什么要把这件事告诉我。”我说。这一次，我的话显得可笑，而且充满愤怒。

她表示赞同，但并没有看我。然后，她站起身，走了出去。她把脸藏起来，避开我的目光。我几乎可以肯定，她的耐力已经耗尽，此时正在哭泣。

噢，假如A女士看到随后几个星期我们是怎么度过的，她会感到多么遗憾啊！埃马努埃尔快到三岁的时候，A女士独自发起了一次运动，想要我们给他生一个妹妹（她甚至没有考虑生男孩的可能性）：一系列相关的、肤浅的权衡，暗示她存在着一扇刚好合适的临时的窗子，可以在那里面规划另一个生命的诞生。“空间你们是有的。”她说，好像那是主要的障碍。

我们拿她开玩笑：“有一个男孩你还觉得不够吗？或许过一阵子再说吧。谁知道呢？”与此同时，我们把这个话题搁置一边，而这令她感到失望。不过，她从来没有想到，在如此的事实面前，诺拉会退缩。

然后，A女士与我们的距离从来没有像现在这样遥远。自从病情急转直下，在七月左右，她搬到了马切拉表妹那里去住。在最后的五个月里，她主要是躺在一张双人床的右侧，而这张床并不属于她。癌症打开了另外一个缺口，也征服了大脑。通过电话与她沟通变成一件困难的事。“她失声了。”要想听到她的声音，我们需要通过一个不相干的过滤器；而要想见到她，则需要申请许可，并在整个探视过程中，都要受到监视。

诺拉无法接受这些，而且后来也没有接受。她被吓到了，害怕有可能再一次在床上度过妊娠期。怀埃马努埃尔的时候，她被迫几个月躺在床上一动不动。这件事对她的影响，比我想象的要深。现在，她的身边将不会有A女士，而只有一个思维混乱的丈夫。那个夏天，我明白了，对于我她并没有足够的信任。从那天开始，我们把长期以来隐藏的，对彼此的憎恨倾泻而出。这种愈演愈烈的发泄，也越来越令人痛苦，无法阻拦。

最终证明，例假的推迟只是一个虚假的警报。不过，发展到这一步，结果如何已经无关紧要，因为它的效果已经呈现在那里。从表面上看，我们的夫妻生活仍旧根据一件件有待完成的任务一成不变地进行着。然而，它却像是配备了一个筋疲力尽的心脏。我看到诺拉痛苦、焦虑、愤怒，但从未显出软弱，抑或是冷漠。缺少了她的开朗，世界重新变成一个冰冷的外壳，就像我认识她之前所处的那个世界一样。有的时候，甚至埃马努埃尔也显得疏远。

“今晚我们可以到那间鱼铺去吃饭，然后聊聊天。”

“假如你愿意的话。不过我不太饿。”

“还是去吧。”

然后，我们就像陌生人一样吃了晚饭。当我们彼此之间存在着默契的时候，时常对那些找不到话题的夫妻抱有同情。而今，我们与他们之间已经没有差别。

“你怎么啦？”

“没什么。”

“你好像在伤心。”

“我没有伤心，只是在想事情。”

“你在想什么？”

“没想什么。”

“你让我害怕。你是故意这样做的吗？”

我们不断地彼此挑衅，目的仅仅是打破沉默，因为我们对此并不习惯。仿佛任何东西都不再向我们施出援手。我们的行为如此愚蠢，就好像这是人类历史上第一次夫妻之间的危机。

即使一对年轻的夫妻，也可能生病：由于缺乏信心，生活的周而复始，还有孤独。变化悄无声息，而且，我们的变化很快就发展到了床笫之间。在十一个星期中，也就是A女士逐一失去机体基本功能的那段时间，诺拉和我并没有触摸过对方，甚至没有这样尝试过。我们躺在床上，保持着安全的距离。我们的身体就好像是坚不可摧的大理石块。

在半梦半醒之间，我痛苦地回想着：她的身体曾经属于我，我的也曾经属于她。在那个时候，我可以不必请求她的允许，抚摸她身体的任何地方：后颈，乳房四周，弯曲的脊椎，沿着她臀部的缝隙，我被允许将手指探进任何地带，而不必害怕令她厌烦。昏昏欲睡的她，也会以一种不自觉的颤抖作为回应。我们两个人都没有逃避性行为，从来没有。我们曾经由于缺少机会和力气，长时间忽略这件事，却从来没有为它设置障碍。无论事情如何发展，我们都知道，在卧室里，有那么一块未被腐蚀的空间，在等待着我们，一个能够短暂地亲热和彼此抚慰的庇护所。

假如说我们身上的癌症同样企图侵入大脑，那么，它做到了。妻子距离我仅仅几厘米，我却不知道如何接近她。对于那些天日日夜夜的记忆，尽管它们刚刚过去，却已经是残缺不全和彼此矛盾的，充满了憎恨和残酷的想象：诺拉背叛了我，和随便什么人在一起。

贾雷诺并没有清晰地说明，各种情绪之间是否可以像油漆一样彼此混杂；又或者如同油与水，共同存在，又彼此分离。他也没有解释，假如肝脏中的黄色与血中的红色混合在一起，是否会制造出一种崭新的、橙色的性格；又或者通过它们的接触，会不会产生洋溢的热情，抑或是单纯的情感，也就是人与人之间的彼此渗透，就好像古代那些彼此相通的瓶子里会发生的那样。在很长的一段时间里，我认为事情就是这样的。我曾经确信，诺拉的银色与我的黑色正在缓慢地融合；同样一种带着金属光泽的柔滑的液体，最终将流淌在两个人的体内。那种同样的颜色，就如同古代柏柏尔人制作的某些首饰（我送给诺拉的第一个礼物，就是一条那种类型的手链，上面刻着五颜六色的几何图形。这并非是个偶然）一样。而且，我们都曾经确信，A女士体内那鲜红的汁液，将为我们的生活增加一种特别的浓度，使我们变得更加坚强。

我想错了。我们都想错了。有的时候，生活就如同漏斗，会变得越来越狭窄。由情绪构成的乳液，会逐渐分层：诺拉的开朗和我的忧郁；A女士黏稠的坚定，和我妻子奇妙的无序；我逐年培养起来的，清澈的数学式推理，以及芭贝特未经雕琢的思想。尽管交往频繁，而且彼此之间存在着亲情，每个人却始终与他人分离。A女士的肿瘤，仅仅是一些细胞组成的、极其微小的肿块。但是，这些细胞难以驯服，且不停繁殖，直至发展到显而易见，并且彼此分离。可是，我们尽管有如此的愿望，却无法彼此分离。

天堂鸟Ⅱ

有些故事，它们的结尾是从一开始就书写下的。或者某些人，包括A女士在内，曾经有过片刻的幻想，认为事情的发展或许会有所不同？曾经有人费心对她说过“痊愈”这个词？不，从来没有。我们最多会说好转。不过，即使对于这一点，我们也是不信的。她身体的衰弱，已经完全展现在第一张胸部X光片上那个肺部的阴影里面。“所有关于癌症的故事都是一样的。”或许是这样。然而，这并不排除她的人生是独一无二的，配得上一个完全属于她的故事。直到最后一刻为止，她的生命都值得我们期待，期待命运能够留给她一个例外，一种特别的对待，以补偿她对所有人的照顾。

鉴于我们自己的生活一团糟，夏天过后，诺拉和我已经没有心思去考虑其他人。十一月末的一天，A女士的一个表妹给我们打了电话：“她要见你们。我想不会持续很久。”

我们讨论要不要带上埃马努埃尔。我认为应该带上他，因为不让孩子见到痛苦是没有意义的。况且，他已经很大了，可以承受这些。但是，诺拉不希望A女士生命垂危的样子抹去之前所有的一切。

诺拉是对的。A女士躺在别人的床上，在很多层被子底下，是她瘦削的灰色身形。房间里充斥着药物甜丝丝的味道，以及某些无法确定的东西的气味。当我弯下腰，嘴唇从她面颊的皮肤上滑过，轻轻吻她的时候，我发现，从她的嘴里散发出一种发酵的味道，仿佛她的身体已经开始从内部一部分一部分地死去。房间里照射着一种奇特的、静止的光，似乎来自世外。制造出这种效果的，或许是那些镀金的物件：床罩，半透明的窗帘，衣柜的把手，还有铜质家具。

刚一坐到床沿上，诺拉就哭了起来。九年过去了，同样的景象又出现在我面前，只不过她们调换了角色：A女士躺着，而我的妻子坐在她的病床上。诺拉试图把我们送给她的那条手链戴在她干枯的手腕上，以便在下一程的旅行中，她能够带上一点属于我们的标志。但是，诺拉的手指抖动着，无法把手链的连接处扣上。尽管她们互换了角色，A女士仍旧是那个给予安慰的人。“不要哭，诺拉，”她说，“不要哭。我们还是高高兴兴做了一阵子的伴儿。”

我走出房间，随后关上了身后的门。诺拉这一哭，抹去了我心中的某些东西，也使得一股从未消失的柔情释放出来。在那个悲痛的时候，我感觉到一种不合时宜的轻松。我们买了一些白色郁金香，因为那是A女士最喜欢的花。而且我们觉得，带着很多礼物出现，在那种情形下是一种有效的保护。马切拉找来一个花瓶，我于是剪短了花茎，将花束插在里面。我尽力使交谈进行下去，以免表妹又回到她可能希望的地方去。我觉察到，为了掌握局面，她或许会放任自己与我的妻子做一些不合时宜的促膝谈心。我希望帮助诺拉获得她应得的，单独与A女士相处的时间。

我重新回到卧室里，把花瓶放在茶几上。房间里挂着一张雷纳托的照片，是我以前在别处见过的，拍摄于冬季的圣雷莫海边。或许，想到他正在等待着自己，就足以使A女士重新获得力量。有了这种力量，并不需要骨骼、肌肉，抑或是声音（她的声音，是啊，她的声音突然间改变了，低了八度；而且在发声的时候，好像在某种东西上发生了摩擦），就能够表达自己。

“那么请你保重。”我对她说。

她冲我笑了笑。没有必要伪装，死亡已经近在咫尺，就和我们在一起，占据着大床的一半。不过，它安安静静地，等待着。

A女士仍旧握着诺拉的手，也可能是被诺拉握着：“永远要关心她。”她叮嘱我说。

“当然，永远。”我保证道。

诺拉稍稍向我侧过身，像是在对我说：“你看到了吧，这是多么简单？为什么之前你没有做到？”我靠近她，在她的额头上吻了一下。

“现在你休息吧。”我对A女士说，而她已经昏昏沉沉。谁知道她从哪里来的能量，得以在那短短的几分钟里保持清醒。她与那些止疼药和镇定剂抗争，仅仅是为了让诺拉和我发誓，能够继续彼此照顾。

我们任凭她沉沉睡去。临走的时候，我望了一眼窗户。我发现，除了窗帘和双层玻璃以外，在窗台上放着一只异域的小鸟。它长着黄色和天蓝色的羽毛，长长的，棉质的白色尾巴，漆黑的眼睛，严肃而又充满同情，定定地看着我们。这并不令我吃惊。

几天之后，诺拉买了一口带洞眼的平底锅，用来炒栗子。锅是用光亮裸露的金属制成的，与A女士那口伤痕累累，锈迹斑斑的锅完全不同。每到秋天，芭贝特都要举行这个仪式。她到自家后面的树林里寻找栗子，在它们还缩在壳里的时候，就把它们采摘下来，拿到我们家来烤。那天晚上，我帮助诺拉把栗子逐个剥开。当天晚饭，我们就吃了栗子，还有加了蜂蜜的甜牛奶。

"不会像她做的那样好吃，"诺拉说，"这些是超市里的。不过，咱们可以试试。"

当我们略含怀疑地观察那些呈现出焦黄色的果肉时，诺拉要我给她倒酒。"我想给埃马努埃尔换个学校。"诺拉宣布说。

"是吗？"

"明年。他现在的学校不能对他的能力做出正确的评价。他们不理解他。A女士总是这么说。另外，把一个孩子的作业从本子里撕下来，也是不对的。"

"小学老师会撕本子。他们一直都这么做。"

"现在不会了。如今已经不这样做了。"她停顿了一下，喝了一口杯子里的酒，然后把它递给我，"我也想过，假如他们不把你的合同续下去，也没有那么严重。”

“可我担心这件事的确会发生。”

“假如那样，我们就有一个很好的理由离开这里。去尝试一段时间。假如你在这里不开心，假如你认为会有更好的机会，我们可以那样做。在国外，我同样可以做一些项目。假如不能，也没有关系。我会成为烤栗子的行家。”她把一只手搭在了我的腰间，“你觉得怎么样？”

“不知道。我觉得一下子信息量太大。”

“不，看看这儿。你觉得它们熟了吗？”

还在病中的时候，一天夜里，A女士梦到了雷纳托。他到梦里来见她这种事，从前很少发生。然而那一次，他就站在她面前，像平常一样优雅，只是头上扣了一顶不合时宜的毡帽。他无法忍受任何帽子，因为那会让他的皮肤刺痒。雷纳托的手插在厚大衣的口袋里。他并没有把手抽出来，而是温柔地邀请她跟随自己："来吧，是时候了。"

A女士害怕他的口袋里藏着什么危险的东西，于是要求他把手拿出来。对此，他并不理睬，而是又说了一遍："咱们走吧，已经晚了。"

"我不想去。现在不去。你走吧！"

A女士向后退。雷纳托失望地低下头。他转过身，黑暗吞噬了他，从脚底一直到头顶。

那天夜里，芭贝特赶走了她的丈夫。尽管她深爱着雷纳托，但这个举动，恰恰象征着她对生命非同一般的眷恋。

在同一个时期，我也做了一个梦，梦见自己在一个空荡荡的地下停车场里。在柏油铺成的路面中间，有一处裂缝，从里面长出了一丛灌木。当我靠近观看的时候，发现那丛灌木实际上是一棵树茂盛的树冠。它的树干向下延伸了好几米，远得无法看到树根。醒来以后，我能够把这个画面与A女士联系起来。只可惜，我从来没有想出办法对她说。

她就如同那株灌木，能够将根部插入墙壁的缝隙，或者沿着人行道的棱角爬行；如同那种攀援植物，只需区区数厘米的缝隙，它们就能够攀援而上，覆盖一座大楼的正立面。A女士是一棵杂草，但又是其中最为高贵的那一棵。即使是她在人生最后几个月里犯的错误：当生命还远远没有终结之时，就失去了自己的个性与勇气，并没有为身后漫长的未来做任何准备；也包括她的迷惑。不过，那些错误或许是无法避免的。如此强烈的，对生命的渴望，没有为对死亡的思考留下任何空间。我在她，还有诺拉的身上，看到了这一点。只有会放弃的人，只有至少那样做过一次的人，才会想到死亡。或许，那甚至不是一种想法，而仅仅是一个回忆。

不过，有一件事情，她事先已经做好了准备。A女士已经确保丈夫坟墓旁边会留有一块地方。应该是在某个时刻，可能是在某个下午，她一直走到镇上的墓园，手里还握着黑色的钱包。然后，她就是从那个钱包里掏出了现金，购买死后将要收留她的，地上的那张床。我不知道，这是发生在癌症到来之前，还是之后。不过我能肯定，她那次的做法并非因为死亡的刺激，而是出于对丈夫的爱。她无法忍受，在另外一段永恒的时间里，与他相隔遥远。

“我们也应该思考这件事。”当我们跨过陵园的栅栏门时，我对诺拉说。我装作是在开玩笑，但话说得却很严肃。

“你一直说要火化。”

“也许我正在改主意。”

她狡黠地噘起嘴，好像是在说：“我想想，要不要那么长时间一直把你留在身边。”然后，她环顾四周，脸上带着迷茫的神情：“我们怎么才能找到她呢？”

下葬的那天，我们没有跟随葬礼的队伍来这里，所以，我们不知道A女士的墓在哪里。她的一个表姐妹给了我妻子一些大概的指示。但是，由于她极其缺乏方向感，那些指示变得模棱两可。

“开始你说是在最里面。咱们试试往那边走吧。”

我们在那些通道里迷失了方向，就好像是在寻宝。而且，从某种意义上说，这是真的。

找到她的是埃马努埃尔。“你们过来！在这儿。”他叫喊着。

我们要求孩子压低音量，因为受到的教育不允许他在那里大叫。

“可我们是在户外。”他抗议道。

在逝者中间，他比我们要自在。后来我心想：听到我儿子那清澈的声音，他们应该会感到高兴。“一个歌唱家的声音。”就如同A女士经常说的那样。

由于雨水的冲刷，又或者是有人不久前碰巧路过那里并进行了清理，长长的大理石板非常洁净。埃马努埃尔爬了上去。诺拉要拉住孩子，但我制止了她。A女士会让他那样去做的。他抚摸着A女士的彩色照片，然后狐疑地审视旁边雷纳托的照片。“你好。”

他说。

埃马努埃尔趴在大理石上，把一只耳朵贴在石头上面，听了很久。我想，他是在用思想跟她说话，因为他的嘴唇在嚅动着，尽管难以觉察。他爬了起来，跪在那里，叹了口气。他做得可笑而又不自然，像个成年人。

最后，他大声说出了她的名字：“安娜。”

图书在版编目(CIP)数据

黑与银/(意)乔尔达诺著;魏怡译. —上海:
上海译文出版社,2016.3
ISBN 978-7-5327-7030-4

Ⅰ.①黑… Ⅱ.①乔… ②魏… Ⅲ.①长篇小说—意
大利—现代 Ⅳ.①I546.45

中国版本图书馆CIP数据核字(2015)第172748号

PAOLO GIORDANO
Il nero e l'argento

图字:09-2014-246号

黑与银
Il nero e l'argento

PAOLO GIORDANO
保罗·乔尔达诺 著
魏怡 译

出版统筹 赵武平
责任编辑 李月敏
装帧设计 杨林青

上海世纪出版股份有限公司
译文出版社出版
网址:www.yiwen.com.cn
上海世纪出版股份有限公司发行中心发行
200001 上海福建中路193号 www.ewen.co
上海中华商务联合印刷有限公司印刷

开本 850×1168 1/32 印张 5.25 插页 5 字数 52,000
2016年3月第1版 2016年3月第1次印刷

ISBN 978-7-5327-7030-4/I·4257
定价:32.00元

ISBN 978-7-5327-7030-4